抱歉，我醜話說在前面。
這種場面話就免了吧。
其實是繼妹。
妹妹
1
～總覺得剛來的繼弟很黏我～

啊哈哈哈，又是我贏了♪
我真的好喜歡跟老哥打電動～
那就好，可是妳靠太近了。
晶
Akira
高中一年級生。因為父母再婚而成為法定的手足。原本想和新的家人保持距離，卻因為涼太犧牲奉獻的姿態，慢慢被他吸引。

真嶋涼太
Majima Ryota
高中二年級生。
很開心多了一個弟弟，
因此積極地行動，
希望晶能喜歡他。
可是，他有一個
天大的誤會——！

得知事實後……
原來老哥一直以為
我是弟弟……
因為這樣
就跟我保持距離，
太狡猾了。

怎、怎樣啊，老哥？
我穿起來好看嗎……？
兩人之間的距離比以前更緊密……

我從以前
就非常嚮往
一起睡覺～
!?

手臂可以
借躺一下嗎？

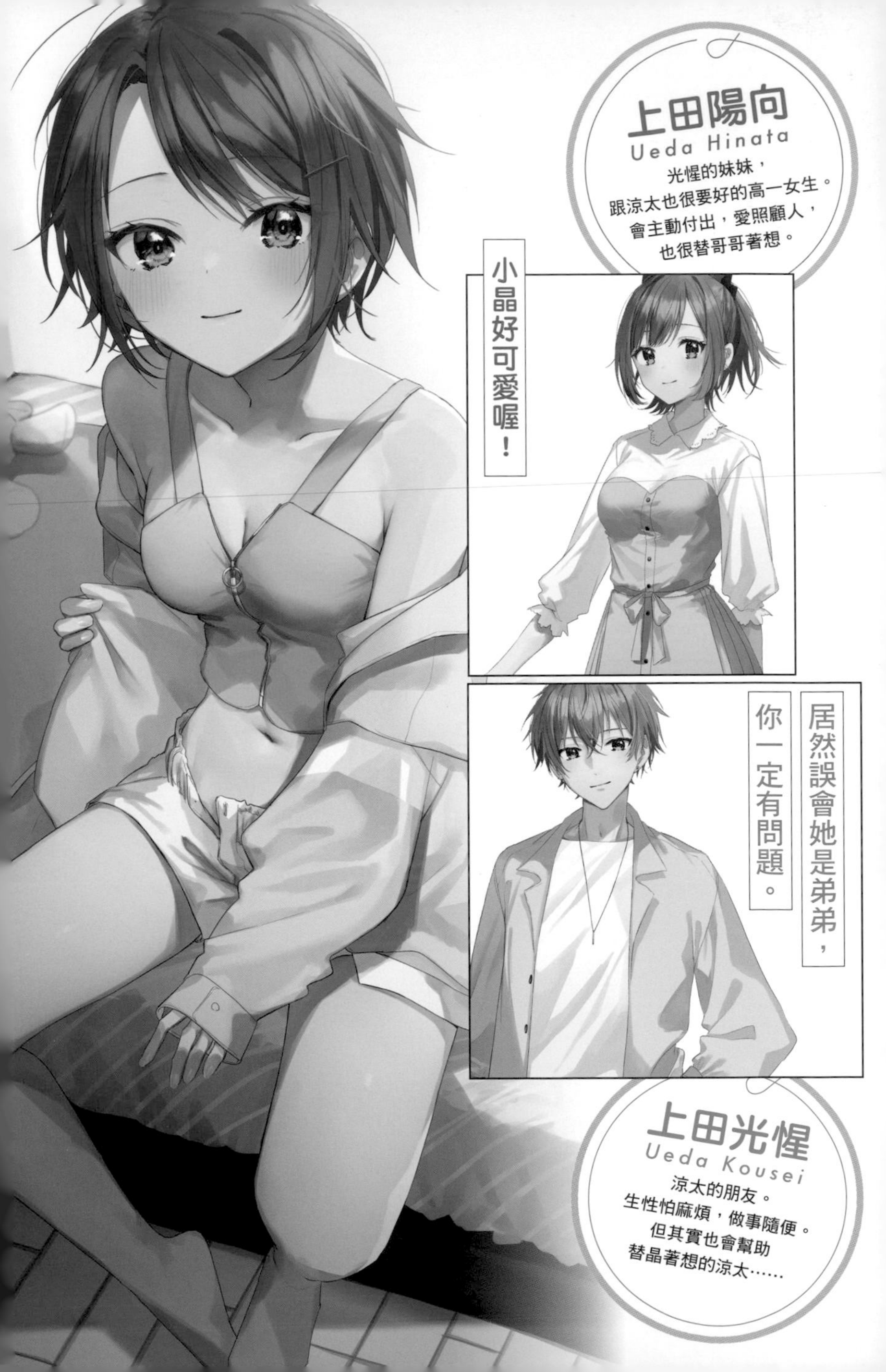
上田陽向
Ueda Hinata
光惺的妹妹，
跟涼太也很要好的高一女生。
會主動付出，愛照顧人，
也很替哥哥著想。
小晶好可愛喔！
居然誤會她是弟弟，
你一定有問題。
上田光惺
Ueda Kousei
涼太的朋友。
生性怕麻煩，做事隨便。
但其實也會幫助
替晶著想的涼太……

白井ムク
插畫：千種みのり

其實是繼妹。1

～總覺得剛來的繼弟很黏我～

Kadokawa Fantastic Novels

彩頁、內文插畫／千種みのり

序　章 —— 012
第 1 話「其實爸爸決定要再婚了……」—— 017
第 2 話「其實再婚對象的母女倆要搬來我家了……」—— 047
第 3 話「其實我跟繼弟一起打電動了……」—— 078
第 4 話「其實繼母拜託我去跑腿了……」—— 104
第 5 話「其實我跟繼弟要一起洗澡了……」—— 124
第 6 話「其實有一個天大的誤會，但我現在知道了……」—— 148
第 7 話「其實繼妹穿著制服回到家了……」—— 169
第 8 話「其實繼妹跟我要讀同一所高中了……」—— 187
第 9 話「其實我保護繼妹了……」—— 214
第10話「其實最近繼妹的模樣有點怪……」—— 246
最終話「其實是繼妹。而哥哥得出的結論是……」—— 268
後　記 —— 307

序章

Jitsuha imouto deshita.

事情發生在暑假即將結束的某天晚上。我趴在床上，背上乘載著一人份的熱能和重量。

「晶，拜託快下來。我覺得很重、很難受……」

「再一下下——呃……老哥，你不要突然動啦！害我按錯了！」

「噢，那還真是抱歉啊……」

我的頭頂從剛才開始就不斷傳出社群網路遊戲的音效。

現在趴在床上看漫畫的人，是就讀高二的我——真嶋涼太。

而趴在我的身體上享受社群網路遊戲的人，則是高一的晶。

為什麼我會像三明治一樣，夾在晶和床之間呢？

據這傢伙所說：「因為老哥的背是我的最佳位置。」

追根究柢，我們都是高中生了，卻黏成這副德性，實在很弔詭。而且還很尷尬。雖然我佯裝不尷尬啦，不過，尷尬的事就是尷尬。

當我問：「還要多久？」晶就會回答：「大概再五分鐘。」但我們從剛才開始就一直重複這樣的問答，已經維持這樣的狀態二十分鐘以上了。

「唉喲～又輸了……」

「那就快起來。」

「不要。我還要再玩一場。」

「喂，晶。我已經不行了──」

「等等，老哥！唔哇！」

因為我突然用手撐起自己的身體，晶頓時失去平衡，就這麼摔了下去。

晶輕盈的身體在床上彈了一下。

「啊，抱歉！」

「討厭！你不要突然起來啦～！」

「抱歉，我不小心……」

「如果你覺得抱歉……今晚就一起睡？」

「為什麼會扯到那裡！」

「不過是一起睡覺而已，應該沒有關係吧？我從以前就非常嚮往跟『兄弟姊妹』一起睡覺耶。」

「不不不，不行啦……長這麼大了，還跟『兄弟姊妹』一起睡……」

說完，晶以不懷好意的表情看著我。

「……老哥，你以前對我做過各種事情對吧？所以說，成全我這點小小的心願，應該沒差吧？」

「關於這件事，雖然我覺得很抱歉……可是一起睡覺實在有點……」

「……騙～你的啦，我用這種說法太狡猾了。老哥，抱歉啦，你很為難吧？」

就在我以為是玩笑話而鬆了口氣時，晶冷不防就鑽進我的被子裡。

「那就這樣。晚安～」

「喂，晶。」

「呼嚕呼嚕……」

「不要睡在我的被子裡啦……」

我深深覺得——如果這是弟弟就好了。

如果是弟弟就好了。

如果是弟弟，要趴在我背上玩社群網路遊戲也沒差。

如果是弟弟，就算被我從背上甩下去，也不必介意吧。

如果是弟弟，要一起睡覺也……或許可以。

我看著始終在裝睡的晶，把「如果是弟弟」這個假設置換成「因為是妹妹」。

即使不更改後半句的結果，那也沒有問題。可是由此導出的結果之所以完全不同，是因為我已經不把晶當成弟弟或同性了。

直到幾天前，我都抱持著一個不能以玩笑帶過的誤會看待晶。

追根究柢，我為什麼會有那種誤會呢？

此外，如果我把這件事告訴別人，對方會有什麼反應呢？

——要是我說一直以為是繼弟的晶「其實是繼妹」，會怎麼樣呢……

要嘛，就是笑我。要嘛，就是傻眼。這種事我心知肚明。

我想知道的是旁人接下來會做何反應，想知道他們怎麼看待我和晶。

不對，現在旁人的看法不重要，重要的是我和晶之間的關係。

我該怎麼對待這個毫不設防、像弟弟一樣黏著我的繼妹呢？

我身為晶的哥哥，這幾天一直為此煩惱。

總之，晶。

妳不是沒有血緣關係的弟弟。

而是繼妹。

是女孩子。
妳實在太過可愛。
搞得我很困擾……

第1話「其實爸爸決定要再婚了……」

Jitsuha imouto deshita.

那是時序進入七月後沒過多久發生的事。

當天我跟老爸時間有點晚了才吃晚餐，他就像突然想起一件事，說了一句「對了」，開啟話題。

「今天我在車站被一個外國人叫住。」

又開始了嗎——我在心中嘆了口氣。

我跟老爸一邊吃飯一邊聊天的內容，大多是些無關緊要的話題。

但打從一開始就無視他也很可憐，我想說稍微聽一下，因此回了一句：「那後來怎麼樣了？」這是我最低限度的孝敬心了。

「因為我應付不來，就帶對方去找站務員了。」

「是喔～你做了一件好事嘛，老爸。」

「我是不是該去上英文課啊？」

「應該會變成浪費錢，還是算了吧。」

我把父親下班回家買的熟食炸雞送進嘴裡。每咬一口，炸雞的肉汁就會在嘴裡擴散，老爸說的這個無關緊要的話題，也就跟著消融。

「這個真好吃耶。」

「對吧——所以爸爸我想再婚，可以嗎？」

「是喔～再婚啊……——咳咳！」

我大大嗆了一口，急急忙忙抓起麥茶喝下。

「——再、再婚？啥！」

「哈哈哈哈哈，你這個反應真不錯。」

「不是啊，走向，話題走向！老爸考慮一下話題走向好不好！」

首先，「所以」的用法根本錯了。第二，再婚這兩個字完全不適合接在車站外國人的話題之後。

照理來說，應該有更制式的說法。比如說「涼太，我有很重要的話想說，來這邊坐」之類的。

我瞪著毫不愧疚、還在大笑的老爸。

有的時候我會搞不懂自己的老爸。

就像現在這樣。

今天還只是剛開始，我這位老爸一年一定會搞出一件大事。

「老爸，你解釋清楚。你說你要再婚是怎樣？認真的嗎？」

「我很認真，我打算要再婚，你覺得呢？」

「是喔——你的意思是說以後想再婚？」

「不，我已經有對象了。」

「……今天明明不是我的生日，你幹嘛整人？」

「不不不，這不是整人啦。」

「老爸，你看過〈狼來了〉這篇寓言嗎？要是太愛說謊，最後會變得沒人相信你喔？」

所以「那個女人」才會——這句話來到我的喉頭。

我知道爸媽離婚的原因。

「那個女人」就是放羊的孩子。

但我從未跟老爸談過這件事。

我們生活至今，一直不去碰觸這個話題，但我萬萬沒想到，他好死不死在這個時候談論再婚。

「爸爸雖然整過你好幾次，但從沒說謊騙你喔。」

「最好是，老爸做的事根本不能信……我姑且問一下，這位被不能信任的老爸拐走的傻

女人是誰？」

「她是我在攝影棚認識的人，叫做富永美由貴。她是自由接案的化妝師～是個非常標緻的人喔！」

看來老爸很想炫耀這位再婚對象有多美。那張傻笑的臉看了就煩。

但這些不重要，我比較傻眼的是他居然學不乖，還敢跟人再婚。

「是喔……聽起來不錯啊。那你跟這個人交往多久了？」

「已經快兩年了吧～」

「兩年！等等，這跟再婚相比更驚人！你居然瞞著我，跟這個人交往了兩年嗎！」

「對啊，因為你很遲鈍嘛。」

「你這種說法很煩……那你有照片嗎？」

「長相就保留到你們見面那天吧。人家很漂亮，你可別對我的老婆出手喔。」

「我才不會……」

老爸豪爽地笑了三聲，同時指著桌上的月曆。

「見面的日子是下個星期六。」

「決定得真突然……我得在這個星期去剪頭髮了。」

「另外，我還要跟你說一件好消息。呵呵呵……」

「……什麼啦？別賣關子了，快說。」

老爸停頓了一會兒，接著開口說——

「其實你要當哥哥了。」

「當……當哥哥？」

——大家有看懂嗎？

我和老爸的認知已經在這裡產生誤差。

如果是筆談，就絕對不會發生這種同音異義（註：在日文中，兄弟、兄妹、姊弟、姊妹的發音皆相同）的認知誤差。

沒錯。

我完全誤會我會多一個「弟弟」。

我是獨生子，從以前就有點嚮往兄弟關係。

也因為這樣，我才會對「哥哥」這個字眼過度反應。

結果造成我完全沖昏頭，然後——

「人家今年高一，小你一歲，所以你就要當哥哥了～」

「好耶！老爸，你這段姻緣不錯嘛！」

「哦，是嗎？那你是同意了？我真的會再婚喔？」

「當然可以！『哥哥』啊……好期待啊～！」

——這時候我並沒有發現自己看漏了一件重要的事。

如果老爸這時候直接說是「妹妹」就好了……不行，別抱怨了。

要是我當時有問是弟弟還是妹妹，就能先做好心理準備了……

不過，跟我會不會「當哥哥」無關，我本來就不打算插嘴父親的再婚事宜。

＊＊＊

我要補充一點，其實我大致知道真正的兄弟關係很麻煩。

尤其雙方年紀相近時，容易造成弟弟把哥哥當成對等關係，凡是哥哥有的東西，弟弟都會想要的傾向。

更甚者，弟弟似乎會基於不能輸給哥哥的壓力，拘泥於各種勝負和先後順序。這也是兄弟爭吵的源頭。

綜觀歷史，也能看到兄弟骨肉相殘，演變成波及整個國家的戰爭。

源賴朝和義經是如此，唐太宗和他的兄長也是如此。這些見不得光的歷史不能再重演。

如果要定個目標，三國志裡的關羽和張飛就是最理想的典範。

我一路上想著這些事，就這樣前往約好要碰面的店家。

老爸突然有工作，所以會從公司直接過去的樣子。今天明明是這麼重要的日子，看來電影美術這件工作也不好做。

無奈之下，我只好遵照時間前往約好的地方。但我覺得雙腳好沉重。

如果先抵達店裡，變成單獨跟對方待在一起的局面，也太尷尬了。我光想就覺得緊張。

「這種時候更要家長陪同吧……」

當我滿腹牢騷地走著，便看到前方有個單手拿著智慧型手機來回走動的人影。

我之所以下意識看向對方，是因為他穿的衣服令人印象深刻。

明明已經進入夏天，他卻穿著寬鬆的帽T，下半身則是很合身的牛仔褲。是個腿很細的少年。

從他的身高來看，應該是國中生吧。

我若無其事地從他身旁走過。

卻聽到他輕聲嘟囔著「怎麼辦」，感覺不知如何是好。

這下子我有一個遲到的藉口了。

「——你怎麼了嗎？」

如果是因為熱心助人，就算雙方會面遲到，也是個名正言順的理由。

我抱著這樣的盤算出聲。

只見少年發出「咦？」的一聲回過頭。

然而下一秒，我不禁屏息——

以男孩子來說，他有著略長的頭髮，應該算半短髮。

在那看起來有點礙事的瀏海之下，有著一張漂亮又工整的中性臉龐。

長長的睫毛配上明顯的雙眼皮。

以及富有血色的嫩唇。

——他是個連男性也會忍不住看呆的美少年。

結果我一出聲，就讓氣氛變得尷尬。倉皇失措說的就是這樣吧。

「請問……有事嗎……？」

少年以不解的眼神看著我。

「啊……噢……沒有啦，沒什麼。」

「是嗎？那我先走——」

「啊，你先等一下！」

「幹嘛？你找我有什麼事嗎？」

他這次跟我保持了一點距離，大概是在防備我。

我急忙擠出笑臉。雖然可疑到了極點，卻總比不笑來得好。

「我在想，你是不是遇到什麼麻煩了？」

「我的確遇到了一點麻煩……」

他現在一臉「但這跟你無關吧？」的表情。

我看了看少年的手，被他抓在手裡的智慧型手機顯示著地圖程式，正不斷閃動。

「難道你迷路了？」

「是、是啊……」

「那你要去哪裡？」

「我要去哪裡跟你有關嗎？」

「是無關，但我說不定可以帶路。」

「你在搭訕嗎？」

「……啥？」

我瞬間滿臉問號。

現在這個時代，的確提倡非二元性別的觀念，因此有男生搭訕男生的例子，而且也不足

為奇。

不過，我只對女孩子有興趣，不會去搭訕少年。再者這根本不是什麼搭訕，我也沒那個膽量。

這名少年樣貌清秀，說不定有被男性搭訕的經驗。

「說來抱歉，但我對你沒有半點興趣，你放心吧。」

「你這種說法總覺得有點令人在意……」

「是喔？既然你沒有遇到麻煩，我先走——」

「啊，請你等一下！」

我因為這聲慰留回過頭，只見少年雙手紮實地交叉在胸前，兩眼瞪著我。

「……幹嘛？」

「你、你真的只會帶路嗎？」

「我一開始叫住你，就只打算幫你帶路啊。」

「既然這樣，我就允許你跟我講話……」

當時我覺得，他真是個狂妄的傢伙。不管是口氣還是措辭，都不可愛到讓人想笑。

不過他的臉蛋和身高果然就是個國中生。再加上他甚至還沒變聲，我身為長輩，就讓他見識我的肚量有多大吧。這樣才是為了他的未來好……應該吧。

「那你要去哪裡？」

「呃……就是這家叫『洋風餐館‧卡農』的店……」

我不由得睜大雙眼。

「哦，真巧。」

「咦？」

「其實我也正要去這家店。」

目的地一致真是不得了的巧合。可惜對方不是美女，我也只是想要有個遲到的藉口，所以這也沒辦法。

「……你果然在搭訕吧？」

「都說不是了。我是真的有事要過去。」

「這樣啊……」

「那我們一起走吧。」

「說是這麼說，你不會把我帶到奇、奇怪的地方去吧？」

「你怕的話，就離我遠一點，在後面跟著我吧。反正我會自己往前走。再見——」

我走了一陣子後，聽到後頭傳來跑步接近的腳步聲。

透過街上的櫥窗玻璃反射，看得見少年就跟在我後方。

或許是因為緊張，路途中他一句話也不說。
至於我，則是一邊走在他的前方，一邊忍著想傻笑的衝動。
什麼嘛，他也是有可愛的一面啊。
就這樣，我感覺著身後少年的存在，朝目的地走去。

＊＊＊

「到了，就是這裡。」
「真的耶。上面寫著『洋風餐館・卡農』。」
我和少年站在店門口，仰望著招牌。
這家店是剛好兩年前開的，我偶爾也會跟老爸來吃東西。
其實這裡是老爸以前的工作夥伴開的店，聽說店裡那些很有氣氛的燈飾和小擺飾，都是有人把在電影裡使用的道具當開店賀禮贈送而來的。
「那我就在這裡等人……」
「這樣啊。我先進去了——再見。」
「那個……」

「嗯？怎麼了？」

「對不起，我不該懷疑你……」

見少年老老實實地低頭賠罪，我又笑了。

「這時候應該要謝謝我帶你來吧？」

「啊……謝謝你帶我來……」

他難為情說著話的模樣很可愛，我抱著好心情，打開掛著鈴鐺的門扉。

我環伺裝潢時髦的店內，很快就看到老爸在深處對我揮手。

「抱歉，要你自己過來。」

「沒差啦。先別說我，你趕上了呢。」

「對啊。今天是重要的日子，我一口氣結束工作，就趕過來了。」

看老爸有些緊張的模樣，連我都開始緊張了。

也是啦。

接下來要跟未來的繼母（媽媽）和繼弟（弟弟）見面。畢竟我連照片都沒見過，實在很好奇他們是什麼樣的人。

老爸說的話我是左耳進右耳出，逕自開始想像未來的弟弟。想像他的興趣、個性和長相，想像他喜歡什麼東西、這一路走來過著什麼樣的人生。

我們靜靜等待富永母子出現，不一會兒就看到可能是對方的人從門口往我們這裡走來。老爸站起輕輕揮著手。我也跟著老爸從椅子上站起來。

「讓你久等了，太一。」

「不會、不會，我們也才剛到。美由貴，妳有迷路嗎？」

「沒有——啊，你就是涼太吧？我是正在跟你爸爸交往的美由貴。請多指教喔。」

美由貴阿姨輕聲說道，然後恭敬地低頭鞠躬。

她給我的第一印象不只年輕，還很有禮貌。

當她再度抬起頭來，我才仔細打量她。或許是因為她有著化妝後顯得更端正的容顏，以及那頭染成明亮顏色的秀髮，讓我覺得是個時間停在三十歲左右的美女。

那抹柔和的笑容充滿著母性，同時也帶著穩重。如果我還是小孩子，她就是會讓人想跟朋友炫耀的美麗母親。這就是我對她的印象。

另一方面，也讓人不知道眼睛該擺哪裡才好。

明明生過小孩，身材卻沒有走樣，而且還有某種魅惑、放蕩的氣質。她兼具十足的魅力，足以讓一個男人墮落。

簡單來說，就是身材非常有魅力。

我不能用這種眼光看待未來要成為媽媽的人。即使腦袋明白，但目光就是會自然被吸過去，這算是男人的本性吧。

跟這種人住在同一個屋簷下，會不會太刺激了？

正當我想著這些，便看見有個人影緊跟在美由貴阿姨身後。

那是個熟悉的身影。

「奇怪？你是剛才的……」

「啊……」

是那個被我帶來這裡、有些狂妄且戒心強的少年。

難道他就是即將成為我弟弟的人嗎？

這樣的話，他就不是國中生，而是小我一歲的高一生。以高一來說，他的發育算慢了。

「嗯？你們兩個認識嗎？」

「啊，嗯，算是……剛才在外面見過。」

儘管有些怯場，我還是擠出笑容。

「我重新自我介紹，我是真嶋涼太。呃，你叫——」

我一邊說，一邊對著未來的弟弟伸手。然而——

「抱歉，我醜話說在前面。這種場面話就免了吧。」

——我伸出的手就這麼空虛地撲空。

「咦……？」

我的笑容不小心僵掉了。

「也麻煩叔叔做好這個心理準備。」

而且他還用颱風尾掃人。

我看了看老爸的臉，他也同樣語塞，只能發出「呃……啊……唔……」的聲音。

美由貴阿姨慌慌張張地責備少年。

「晶！真是不好意思，我們家孩子只會用這種口氣……這孩子叫晶，是我的小孩——好了，晶。跟人家問好！」

「你們好。」

他面無表情地這麼說完，便從口袋裡拿出智慧型手機開始玩。

「啊哈哈哈……要是能慢慢跟我們父子和睦相處就好了。我說說的啦……」

老爸這麼說完，他也敷衍地說了一句：「對啊。」

「總、總之我們坐下吧！好嗎？」

再婚這件事都擺在眼前了，現場卻散發出令人不安的氣氛。

不知道他是正值叛逆期，或者站在反對立場。或許他單純怕生，也有可能只是緊張。

畢竟他是個會好好道歉並道謝的人。等我們了解彼此，或是……

我現在先一邊支援老爸和美由貴阿姨，一邊觀察這位晶弟弟吧。

在這之前，還是先收回伸出去的右手吧。

＊＊＊

之後，我們品嘗著滿桌的料理，聊著無傷大雅的事情，但還是拚死延續話題，想盡辦法讓現場氣氛保持熱絡。

我從頭到尾都有參與老爸和美由貴阿姨的話題，不斷點頭回應。

應該說，我也只能這樣了。

這一個多小時的時間中，我和老爸不時會把話題拋給晶，但換回的言語只有「嗯」、「嗄？」、「對」、「沒有」、「不知道」、「說得也是」、「難說吧」。

後來我開始覺得把話題拋給不苟言笑的晶實在很累，索性當個聽兩位大人聊天，適時回應的點頭娃娃。

雖然偶爾會和他四目相交，但視線一旦交會，他就會不悅地別開。

看來他並不是打從一開始就排斥再婚。

「不過，該說是領地嗎？我只是希望不要互相侵害到對方……」

用侵害這個說法，總讓我感到不太對勁。

儘管我很好奇他想保護什麼，既然尚未建立我們的關係，我認為現在不該強硬地打破砂鍋問到底。

「我們以後就是家人了，慢慢磨合就好了吧？」

「你說得對。反正以後要一起住，總會——」

「不對，當家人跟住一起是兩件完全不一樣的事。」

「咦？什麼意思？」

「這個嘛……你覺得家人是什麼？」

「就是一起生活的人吧。善盡各自的職責而組成的共同體。」

「這的確是其中一種解釋方式，也很合理。」

「難道你不是這麼想嗎？」

「這個嘛……」

我把手抵在下頷。

其實我在很久以前就想好自己對「家人」的定義，只是有點猶豫該不該說出來。

「——我覺得孟德爾定律毫無親情可言。」

晶聽完，皺起眉頭。

「呃……這是什麼意思？」

「假如我們的父母再婚了，然而就算是這樣，父母依舊是父母，其子女也還是子女、是手足。」

「……我聽不太懂。」

「『血緣』和『親情』是兩種完全不同的東西。既然我們要成為家人，就代表住在一起的人，彼此會結下一份緣。」

「結緣？」

「意思就是我們彼此以心相連，而不是靠血緣。」

「心……」

「簡單來說，就是我想跟你變成感情很好的家人。」

看我笑著這麼說，晶滿臉通紅。

「你說這種話，不覺得害臊嗎？」

「多多少少吧——你不喜歡這樣嗎？」

「……我覺得很難——」

這時晶似乎在想著什麼，猶豫了一會兒。

「——你叫我的時候，可以不用這麼見外。」

然後他頂著臉頰的紅潮這麼說。

「不然我該怎麼叫你？」

「……可以用名字叫我喔。」

這大概是晶竭盡全力的讓步了。

但對我而言，卻是一大進步。

「這樣啊。那麼晶，請多指教了。」

我伸出右手。

「嗯。」

晶也有些害羞地跟著我伸出右手。

當時是我們首次握手。

他的手冰冰的，卻柔嫩而光滑。感覺就像玻璃製品，是一隻稍微用力，就會壞掉的手。

後來我們雙雙感到難為情，不禁同時收手。

因為實在太有默契，我們忍不住相視而笑。

看來是稍微說開了。

＊＊＊

雙方會面結束後，我和老爸一邊吹著夜風，一邊走在回家的路上。

「——事情就是這樣，晶只是不太會表達，其實是個好人喔。」

我從出聲詢問迷路的晶開始，一直說到最後握手達成共識的經過，老爸這才放心地吐出一口氣，輕輕拍了拍我的肩膀。

「涼太，謝謝你。」

「你在謝什麼啊？拜託不要這樣，噁心死了……」

我害羞地別過頭，耳邊傳來老爸的笑聲。

「美由貴跟我說過，那孩子不太容易跟人打成一片，我只是覺得這下放心了。」

「是喔……」

這時我開口向老爸詢問一件很在意的事。

「欸，老爸。我問你。為什麼晶會那麼想跟人保持距離啊？」

「保持距離？」

「我知道我們是素未謀面的陌生人啦，可是一般人總會稍微陪個笑吧？」

仔細想想，這件事真是奇妙。

我知道他沒有那麼八面玲瓏。而且這件事無關他喜歡或討厭對方，我也明白會想跟人劃清界線相處的心情。如果正值青春期，確實喜歡不被干涉，更別說我們是外人。

『抱歉，我醜話說在前面。這種場面話就免了吧。』

雖然如此，他並不反對再婚。

『不過，該說是領地嗎？我只是希望不要互相侵害到對方……』

難道他想說的是，父母親再婚跟他本身的行為模式無關嗎？

『可以用名字叫我喔……』

這表示他想稍微拉近跟我的距離嗎？

我仰望星空，思索著晶的事。

然後總覺得有些不安。

或許是我多管閒事，但再這麼下去，對他一定沒有好處。

與其因為拋出冷漠的話語而後悔、道歉，不如想辦法改善他笨拙的個性——畢竟我們以後就是家人了。

其實我沒資格大談與人縮短距離的方法，追根究柢，我自己也不是善於表達的個性。即使如此，我還是……

「晶為什麼這麼不擅長處理人際關係啊？」

「這個嘛，我不知道這算不算回答，不過還是跟你說一聲吧……畢竟你已經長大了，接下來大家也都是一家人——」

老爸露出五味雜陳的表情。

「其實跟美由貴離婚的前夫，聽說是個很誇張的人。」

「誇張是什麼意思？」

「喝酒、抽菸、賭博都是家常便飯，他會突然好幾天都不回家。好不容易回來了，卻不去工作，整天遊手好閒。」

「原來如此。對方是渣男啊……」

「是啊，不過美由貴都會笑著說他是個追夢人。晶看著那種父親長大，可能從此信不過男人吧……」

我曾聽過女性信不過男性，但如果對同性也有同樣的感受……

晶有同性的朋友嗎？

我沒由來地十分介意這件事。

「信不過男人啊……所以才用那麼尖銳的態度對待我們……」

「但我覺得那孩子本性不壞啦。」

「我也這麼覺得。他一定是個好人喔。」

如果老爸的推論正確，那他不友善的理由，絕不是針對我們。

只要面對男人，無論是誰，他都會採取這種態度。

既然如此，我能做的事——

「那我們就要變成感情很好的家人，好到把他的過去全蓋掉！」

——還是只有當他的家人了。

「涼太……」

「對吧，老爸？」

無論過去發生什麼事，我們未來都會慢慢成為一家人。

既然這樣，我能做的事就是自己主動靠近晶了。

『——我覺得孟德爾定律毫無親情可言。』

這不只是為了晶，也是為了老爸、美由貴阿姨——還有我自己。

「是啊。涼太，你說得對。」

「所以包在我身上吧，老爸。」

就算晶覺得我煩，我也會積極介入他的生活。

然後希望以後無論跟誰相處，他都能笑口常開。

同時等他長大成人，會覺得自己遇見了最棒的家人……

「對了，涼太。你打算怎麼跟晶相處？」

「這個嘛，剛開始與其用兄弟姊妹的方式，應該要像對待朋友那樣吧？」

「……你有朋友啊？」

「有、有啦！好歹有一、兩個！」

「才一、兩個啊……」

「不要用可憐兮兮的眼神看著我。朋友重要的是質，不是量。」

我忍不住嘴硬地這麼說，不過朋友……朋友是什麼啊？

「反正我不討厭那種跩跩的小朋友，而且他也有可愛的一面。我身為哥哥，會好好溺愛他的。」

「……真的沒問題嗎？可別做得太過火喔……」

「我知道啦！」

「那、那麼晶就拜託你了……雖然我覺得很不安……」

——如今我是這麼想的。

老爸，為什麼你這個時候不告訴我啊！

你要說晶不是繼弟，而是繼妹啊……

不過憑「晶」這個名字、外表、個性，還有說話方式，就把人家當成男的，我也有錯就是了。

7 JULY

7月10日（六）

今天是雙方見面的日子。我見到媽媽的再婚對象，還有那個人的兒子了。

以結論來說，他們應該不要緊。不是壞人。

身為再婚對象的叔叔在做電影和連續劇的美術相關工作。媽媽跟他就是因此而認識的。

媽媽說他是個對工作很有熱情又溫柔的人。她果然就是會喜歡上像爸爸那樣的人呢。我有點擔心，希望他們不要又漸行漸遠。

即將成為哥哥的涼太哥是個很好的人！

他出聲關心碰巧迷路的我，讓我嚇了一跳，一開始還以為他想搭訕，所以戒心很重，不過他確實把我帶到那家店了。

後來我才知道他其實是我未來的哥哥，就更驚訝了！

他只是為人親切，但我總覺得有點怪怪的。

我原本以為媽媽他們再婚，跟我們小孩完全沒關係，
他卻說想跟我好好相處。

他還說當家人跟住在一起是不一樣的兩件事。

「孟德爾定律毫無親情可言」是嗎……

我們是心心相繫，而不是靠血緣綁在一起。

看他若無其事說出這種話，果然是個有點怪的人。

不過當時涼太哥的眼神……那種混合許多心思的奇妙眼神……讓我一直放在心上。

我跟涼太哥握手了。那是偌大又溫暖的男人的手……總覺得跟爸爸有點像。爸爸的手很粗糙，皮也很厚，讓我覺得很放心——就跟那種感覺很像。

所以那令我感到有點難為情。

可是，要把媽媽和爸爸以外的人當成家人，說實話還是很難……

下次說話的時候，我想要坦率一點，但這件事對我來說，果然還是很難……

第2話「其實再婚對象的母女倆要搬來我家了……」

Jitsuha imouto deshita.

跟富永母子見面後，隔週星期一的早上。

我在上學途中巧遇損友，有一搭沒一搭地把老爸要再婚的事告訴了他。

「——事情就是這樣，可喜可賀啊，光惺。我終於也有兄弟了。」

「我完全搞不懂哪裡喜、怎麼賀，總之恭喜了。」

「你講得很事不關己耶。」

「因為就是事不關己啊。」

「……原來如此，的確是事不關己。」

我同意後，看著慵懶地走在我身旁的光惺。

他的外表就像會出現在少女漫畫裡的冰山帥哥。

金髮加上耳環，身高又高，體型就像模特兒一樣纖細。

話雖如此，他也不是什麼陽光男孩，既不注重這些，整天懶懶散散、有氣無力，又頂著一張臭臉。

然而這位名為上田光惺的男人，卻極度受女孩子歡迎。我跟他算是一場孽緣，國中同校，然後一起進入同一所高中，現在則是同班同學。

不過他人不壞——雖然是個令人火大的傢伙。

「所以說，光惺。我有一件事要拜託你。」

「駁回。」

「對方會在暑假搬進我家。因此我——」

「我不想聽。」

「希望你來幫我做歡迎新家人的準備！」

「…………」

「具體事項就是整理房間。我想把沒在使用的房間整理出來給未來的弟弟，所以想拜託有在搬家公司打過工的你幫忙。」

「唉……我有說我不想聽吧？」

懶散地撥起蓋在眉毛上的瀏海是他的習慣動作。道路前方有幾個跟我們一樣正前往學校的女生，她們看到這個動作，不禁「呀」地發出高亢的尖叫聲。

光惺以一句「煩死了」作結，對不受女生歡迎的我來說，那是極為讓人火大的態度。

「所以說，你這個星期六有空對吧？」

「我也是有安排的。」

「怎樣的安排？」

「睡覺。」

「那不是安排，是欲望。你幫我一下又不會怎樣。」

「很麻煩。」

「你這個朋友真是不值得結交……我平常都會把作業借你抄吧？」

雖然這種做法對光惺無益，我還是會不時把作業借給他抄。

「拜託啦。除了你，沒有人會答應幫忙這麼麻煩的事。我老爸最近工作好像很忙，六日都不在家，那又不是我一個人清得完的量……」

「我都說很麻煩了——」

光惺開口說出這句話後，好像想到了什麼。

「——不然我把陽向借你，隨你怎麼使喚吧。」

他不懷好意地笑著這麼說。

上田陽向——是光惺的妹妹。

她現在就讀高一，跟我們一樣是結城學園的學生。

陽向跟光惺完全相反，是個非常優秀的女孩，為人老實又和藹可親，個性積極且十分努

力，光是個性就累計役滿（註：日本麻將的一種牌型）。要是連外表也一起評比，根本就是雙倍役滿。

「如果是她，一定會開開心心去幫忙喔。」

「不行啦，不能拜託陽向吧？我實在不能讓她來做這麼麻煩的事。」

「拜託我就沒差喔？」

「沒差！」

「居然秒答……可是她說她星期六很閒耶。」

「就算這樣，世上有哪個哥哥會把花樣年華的妹妹扔進一個男人家啊？」

「就是我。因為是你，我信得過。」

「什麼信得過，你喔……」

「不然你要出手也可以喔？」

「白痴喔。你只是想把麻煩事推給妹妹，自己樂得輕鬆吧？」

光惺嘴裡說著：「唉……實在有夠麻煩。」再度抓了抓頭。

「你不要嫌麻煩嫌成這樣啦。只是稍微整理或丟掉不要的東西而已，結束之後我會請你吃飯啦。」

「不是飯的問題啦。陽向她啊——」

光惺這句話還沒說完，一束熟悉的馬尾瞬間擠進我和他之間。

「——你說我怎樣？哥哥？」

說曹操，曹操到。因為時機太過剛好，我和光惺都因驚訝而頓了一下。

「唔，陽向……」

光惺露骨地表現出厭惡，但陽向並未放在心上。

「涼太學長，早安。」

「早、早啊，陽向。」

我反射性地別開視線。

女孩子特有的甘甜香氣晚了一步撲鼻而來，我的注意力因此自然而然轉移到陽向身上。

話說回來，陽向上了高中後，又變得更成熟了。

儘管身高不是很高，還是可以窺見制服之下那副健康的豐腴體態，有著令人無法想像前一陣子還是國中生的女性曲線。

再加上——其實這個問題最嚴重——基本上，陽向跟人相處的距離拉得很近。

像剛才也是，若無其事地擠進我和光惺之間，就算碰到我的肩膀，也一臉無所謂。

我本來就對女孩子沒什麼免疫力，這對我來說，只會陷入不知所措。

我們偶爾會像這樣，三個人一起上學，但我還是不習慣和她之間的距離感。

不過，也有可能只是我太在意她罷了。

如今這位陽向正以開朗的笑容仰望著我。

「學長剛才跟哥哥在聊什麼？」

「噢，嗯。聊到要整理家裡喔。」

陽向伸出食指，抵著軟嫩的嘴唇，然後不解地歪頭。

我認為她有必要了解，她連這副惹人憐愛的模樣都有極大的破壞力。

「整理涼太學長的家？那為什麼會扯到我——」

「他在找人星期六去幫他整理家裡啦。」

光惺間不容髮地插嘴介入。

「咦？」

「等……喂——」

「他老爸決定要再婚，所以他想把沒在用的房間整理乾淨，給他未來的弟弟啦。我那天有事，妳就代替我去吧？」

光惺這種時候才會油嘴滑舌，實在讓人火大。

追根究柢，陽向根本不可能一個人來我家。

「當然不行——」

「我去！」

「你看，人家說不——咦？可以嗎？」

「因為涼太學長平時很照顧哥哥呀！包在我身上吧，學長！」

「是、是喔？」

怎麼會有這麼好的女孩啊？跟某個沒用的哥哥不一樣。

我看了看那位沒用的哥哥，發現他從剛才開始就一直在偷笑，一副順利把麻煩事全推給妹妹的嘴臉。你可別以為事情會如你所願。

「陽向，總之呢，光惺說的有事是『睡覺』，所以我希望妳也一起說服他來幫忙喔～」

「咦，有事指的是睡覺？喂，哥哥！既然這樣，你就去幫忙嘛！」

「……受不了，好啦。沒辦法，我就好心去幫你整理。」

光惺乖乖被說服，我也稍微鬆了一口氣。

說實話，讓陽向一個人來幫忙，我實在過意不去。

況且一想到要跟她在家裡獨處，我就尷尬到不行。

「啊，我也會去，所以我們三個人一起加油吧！」

「咦？不了，既然有光惺——」

「她說她要去喲。真是太棒了呢，涼太。」

光惺再度露出不懷好意的笑容。

雖然是我主動拜託人家，但我隱隱決定，唯有這傢伙，我絕對不會讓他偷懶。

＊＊＊

七月二十一日。

這一天總算開始放暑假，中午過後搬家公司的卡車就來了。

搬家作業幾乎都交給搬家公司的大哥做，所以我和老爸就在客廳無所事事地等待。

順帶一提，美由貴阿姨和晶會先去藥妝店和超市買必需品，然後再來我家。

「欸，老爸。」

「怎麼了？」

「要搬來的東西就只有那些嗎？」

從我家物品的堆積程度來看，可以料想到他們一家即將搬遷過來的行李，應該不亞於我們；然而實際上只有預想中的一半左右。

「聽說在過來之前，已經丟掉沒有用的東西了，而且她們之前都在四坪大的家中直接鋪被子睡覺。」

「這樣啊。那晶以前甚至沒有自己的房間啊……」

我能從老爸說的話中，大致想像出他們生活的風貌。

正值青春期的男生少說會有一、兩件不想被媽媽知道的事。

這讓我覺得晶的遭遇有點可憐。

「多虧你把二樓的房間整理乾淨了。晶一定會很高興。」

「如果是這樣就好了。但你不覺得他會說『我才不需要什麼房間』嗎？」

「你現在是在學人家嗎？不會啦，再怎麼樣也不至於說成這樣吧？」

老爸露出苦笑。

「對了，老爸有跟他說，有幫他準備房間嗎？」

「姑且說了呢。」

「那等一下由我帶他過去喔。」

「是嗎？那就拜託你了。」

後來大約過了一個小時，搬家工程結束。

老爸在平板電腦做完某種手續後，搬家公司的人齊聲說了句：「謝謝您的惠顧！」然後就這麼帶著爽朗的笑容走了。

要說一下子就結束了，或許真是如此，不過接下來還有拆箱作業在等著。如果沒有美由貴阿姨和晶的同意，我們也無法進行。

於是我和老爸決定在他們兩人抵達之前，隨便做點什麼消磨時間。然後三十分鐘後，美由貴阿姨和晶終於來了。

我來到玄關迎接，只見美由貴阿姨和晶的雙手提著滿滿的紙袋和環保袋。

「對不起，我們弄得這麼晚——從今天起，要受你們照顧了。」

「彼、彼此彼此……」

我不知道這種時候該說些什麼，所以姑且先低頭致意。

「我來拿那些東西吧。」

「那就麻煩你了。謝謝你，涼太。」

我從滿面笑容的美由貴阿姨手中接過紙袋和環保袋。

我不經意往裡頭一看，發現裡面都是些食材和日用品。也有洗髮精和化妝水這種女性特有的物品。

這讓我有點緊張。

因為老爸工作的關係，偶爾會讓人來家裡，可是有女性造訪跟住下來完全不同。未來要

一起住的實際感受一下子湧現出來。

「那我就進去了。」

「請進。」

這時，我跟晶四目相對。

美由貴阿姨已經走進客廳，他卻依舊佇立在玄關，感覺好像有話要說。

「怎麼了？不進來嗎？」

「……那個，請多指教。」

「噢、噢……我也要請你多指教了。」

總覺得好害羞。正確說來，是被害羞的晶傳染了吧。

「那我打擾了……」

晶說完便客氣地走進來，跟著美由貴阿姨往客廳移動。

「不是『打擾了』，下次開始說『我回來了』就行了——因為這不是打擾。」

我對著晶的背影這麼說，他也輕輕地點了點頭。

就算進度慢也沒關係，就用這種感覺，縮短我跟晶的距離吧。

我跟在晶後頭，也往客廳前進。

＊＊＊

我們稍微聊了一下，然後決定到傍晚之前，都先整理行李。

我帶著晶介紹家中，最後帶他到二樓的那間房間前。

「——最後是這裡，這是你的房間。」

「這裡就是我的房間？」

「對。隔壁是我的房間。然後對面是老爸和美由貴阿姨的房間。走廊盡頭是廁所。」

「嗯、嗯……」

晶看起來有些不知所措。

他站在門口，直盯著房內看。

「好了，別客氣，進去看看吧。」

「啊哇！」

我推著晶的背，有些強硬地逼他走進房間。

這是一間面南、採光很好的房間。陽光從窗紗的底部灑進來，透過極具光澤的木質地板反射，照亮房間的每個角落。

我在晶過來之前已經先開好窗，所以裡面並不悶熱。

話說回來，當我看著這間房間，就會想起上田兄妹來我家幫忙打掃的事。

這間房間原本就像雜亂的置物間，多虧他們兩人，現在煥然一新，變得乾淨又整齊。陽向不管做什麼，臉上都掛著笑容，連平常怕麻煩的光惺，那天也積極地不斷問我接下來要做什麼。

有再多的感謝，也道不盡我對他們的謝意。

我跟他們約好下次會請吃飯，到時候不管他們想吃什麼，我都會請客。

順帶一提，後來我跟老爸替木地板重新上蠟，也買了新的床鋪和櫃子。就連空調也是兩、三天前換的新機。

晶的房間在我們的改造之下，變得像新房子一樣。

不過我不打算說出來，弄得很像在邀功。

畢竟我們只是為了迎接新的家人，做了理所當然的事前準備。

所以我只會跟晶說，光惺和陽向有來幫我整理房間。

「怎樣？感想如何？」

我出聲呼喚，卻沒有得到回應。

我的心中瞬間升起不安，不知道他是怎麼了，不過隨後就聽到他發出「唔哇……」的感嘆聲。

「喜歡嗎？」

「我可以用這麼好的房間嗎？」

「那當然。我姑且叫搬家公司的人把紙箱放在邊邊了，再來只要拆箱整理就好。」

「嗯。」

「如果你想改變家具的配置，我會幫你。如果還有其他需要的東西，別客氣，儘管跟我或老爸說吧。」

晶一邊說著「謝謝」，一邊回過頭。

我當時大概是一時大意了。

所以才會澈底被下一秒映在眼裡的景象擾亂心緒。

我想像中的是宛如開心的少年那樣天真無邪的笑容。

可是出現在眼前的卻是無瑕少女的含蓄笑容。

我的心跳瞬間加速。

——我竟然不小心看他看到入迷了。

當我回過神來，晶已經變回平常的臭臉，微微歪著頭。

「……怎麼了？」

「呃，不，沒有，沒什麼喔，真的沒事！」

我隨便敷衍過去，把手伸向身邊的紙箱。

「那我來幫你整理行李吧。先開這箱——」

「啊啊！那個不行——！」

「咦？」

晶滿臉通紅，突然慌了手腳。

仔細一看，紙箱上用油性筆寫著「衣物（其他）」。

我瞬間驚覺，所謂的「其他」，或許是內衣褲。就算我們都是男的，這方面確實還是有所顧慮。

「謝、謝謝你。剩下的我一個人來就好，你可以出去嗎？就這樣——」

「咦……——」

——砰！

他不由分說就把我拒於門外。

「那你慢慢來……」

雖然我面對房門，笑著這麼說，想當然耳沒有回應。

這讓我感覺到晶的內心就像被這扇門隔起來一樣，還是緊閉的狀態。

不行、不行，我們的關係現在才要開始。

我重新調整心態，思考接下來的事。

＊＊＊

今天的晚餐從美由貴阿姨大顯身手、我和晶布置桌面、老爸不知道該做些什麼，在一旁來回踱步開始。

我們家的餐桌已經很久沒有一頓正常的餐點上桌了。

我和老爸的手藝都不怎麼樣，所以平常都外帶便當店的東西回來，或是買超市的熟食，除了會自己煮白飯，其他都不怎麼講究。

所以才格外讓人感動。

我已經不記得上次吃到這麼道地的手作料理是什麼時候的事了。

我必須趕快對做了這一桌好菜的美由貴阿姨致上喜悅的話語。

「這個漢堡排好好吃！美由貴阿姨，好好吃喔！」

「啊，那是我在熟食區買的，而且還貼著折價貼紙呢。」

「……咦？」

「不過看你這麼喜歡，我很高興喔。啊哈哈哈……」

我的臉色一瞬間超越羞恥，整個發青。

「涼、涼太……呵呵呵……你也太離譜了吧……正常人會搞不清楚熟食和親手做的嗎……呵呵呵……」

老爸拚死地忍著笑意。

看到兒子失態，居然不幫腔一下，世上怎麼有這種老爸。

「話說回來，這道涼拌胡麻菠菜會讓人吃上癮耶。妳真有一套，這道菜我每天吃都不會膩喔。」

「啊，那個也是熟食區的……如果你真的喜歡，我每天都去買吧……」

「我吃……」

……活該啦。

「我做的只有這道蛋沙拉、味噌湯，還有煮飯而已。對不起喔，我明天開始會認真一點下廚的。」

「「好的……」」

這件事讓我確實感受到，我們果然是父子。

這時候——

「咯……呵呵……」

現場傳出一道忍笑的聲音。

我不經意地看向美由貴阿姨旁邊的人。

只見晶的臉已經漲紅，感覺下一秒就會噴飯。

「晶，怎麼了？」

「沒、沒有，沒事……」

「哪裡沒事啊？你滿臉通紅耶。」

「我、我都說沒事了……」

他很明顯在忍笑。這就是所謂的歪打正著吧，看來我們父子完美「答錯」，戳到了他的笑點。

雖然我覺得有點丟臉，不過也有一點開心。

如果晶能像這樣，慢慢對我們敞開心扉就好了。

只不過，世上就是有人不看氣氛，或者說不會看氣氛。

正當我抱著欣慰的心情看著晶時，老爸再度開口：

「美、美由貴，這個米不是我們家的吧？換不一樣的米之後，果然比較好吃呢。」

「那是我們家剩下的免洗米，已經放有點久了……」

「我吃……」

老爸再度發出呻吟，我也再度臉色發青。

美由貴阿姨，妳到底為什麼會選我家老爸結婚呢？

像他這麼讓人遺憾的老爸真的好嗎？

在充斥著微妙氣氛的現場當中，只有晶一個人忍著笑。

＊＊＊

吃完晚餐後，我們各自抓準時機輪番洗澡。

我和老爸平常只會淋浴，不過今天開始，看來就要放熱水泡澡了。

我頂多只有跟老爸一起去澡堂的時候，才會泡在浴池裡，所以總覺得很開心。

「涼太，浴室沒人了喔。」

當我在房間無所事事地看漫畫等待時，美由貴阿姨就來叫我洗澡了。

「那我就去洗……——」

我頓時語塞。

美由貴阿姨穿著睡衣，可以看到剛泡完澡、透著血色的肌膚。

我不知道該看哪裡，視線只好往下。

她的腳卻因此闖入了視野。

豐腴的大腿似乎擦了乳液，看起來非常滑嫩有光澤，緊緻的膝蓋和腳踝完全沒有一絲皺摺，五隻腳趾就像工藝品，纖細、整齊地羅列在腳上。

那是一雙會將理性切換到本能的開關踩在腳底、強制逼人切換的腳。

我就這樣和那雙腳互瞪了半晌。

「那個……涼太。怎麼了嗎？我的腳上有什麼嗎？」

「沒、沒有，我馬上去洗澡……」

我想盡辦法踩住煞車，匆匆忙忙準備洗澡。

話說回來，我也是個健全的高中男生。

真希望美由貴阿姨能再自重一點。我說真的。

我急忙前往浴室，心想得快點把一瞬間閃過腦海的邪念洗掉。

我確認過裡面沒人後，打開更衣間的門。

我們家通往浴室的更衣間設有洗手臺和洗衣機。不管是洗臉還是洗衣，都能在這裡完成，非常輕鬆。

當我脫下T恤要扔進洗衣籃時，我的手戛然而止。

洗衣籃當中——

有直到剛才還穿在美由貴阿姨身上的「那個東西」。

即使我覺得不至於，還是忍不住往壞的方面想，覺得她是不是故意來催我接著洗澡。

不對，今天相處半天之後，我知道美由貴阿姨其實是個少根筋的人。

我假裝沒看見那東西，把T恤丟進洗衣籃，然後連著內褲一起把短褲脫下——這時候，門的另一邊有人來了。

——叩叩……

不會吧——

「抱歉，是我……」

不是我想的人，而是晶。

我鬆了一口氣，回答他「可以進來喔」。

「抱歉，你還沒——」

晶打開門露臉後，瞬間定格在原地。

「怎麼了？你想先洗嗎？」

「那、那那那、那那、那個、你……」

晶的身體微微顫抖。臉色一下子漲紅，一下子發青，非常忙碌。

「我已經脫衣服了，你就下一個——」

下一秒，更衣間的門被用力關上，然後發出踺踺踺的跑步聲。

我實在搞不太懂，不過他大概是想先洗澡吧。

後來我久違泡在浴缸裡，仰望集結著水氣的天花板。

以後要在這個家，一家四口生活了。

一想到這裡，我就感觸良多。

「那個女人」——自從那個「曾是我母親的人」走了之後，我們兩個男人好不容易一路走過來，現在迎接新的家人，要重新出發了。

當然了，問題或許會隨著家人增加而變多。

不過只要互相尊重、互相扶持，這些問題一定可以解決。

要想這些事的人，本來應該是老爸才對，但我很了解老爸，他一定沒想這麼多吧。

＊＊＊

我洗完澡、穿好衣服後，決定順便刷牙。

眼前有四支牙刷並排，我拿起自己的那支，從軟管裡把牙膏擠在牙刷上——這時候，門外又傳來一陣拘謹的敲門聲。

「……你、你洗好了嗎？」

對方一樣是晶。他這次隔著門跟我說話。

「洗好了。」

「……衣服呢？」

「已經穿好了喔。」

說完，更衣間的門緩緩開啟，晶戰戰兢兢地探頭。

「你要接著洗嗎？」

「啊，嗯……我、我借用一下浴室喔。」

「不用說借沒關係喲。反正這裡已經是你家了。」

聽到我這麼說，晶尷尬地臉紅，不停摸著左手肘一帶。

「謝謝你……——還有，剛才對不起……」

「對不起什麼？」

「就是……我、我都看光了……」

晶的臉更紅了。

「噢，那個啊？我完全不介意喔。」

「你、你被人看光，卻不在意嗎！」

「對啊，家人看到裸體很正常吧？」

美由貴阿姨就另當別論了。

「很、很正常嗎！」

在游泳池的更衣室或是澡堂，被人看到裸體很正常。再說我們都是男的，其實他可以不用這麼介意。

只不過晶信不過男人，或許在這方面有所抵觸。

「不過我也有不好的地方，下次我會小心。」

「嗯、嗯……會小心就好……謝謝你，涼太哥……」

總覺得聽起來好見外。

「對了，你就叫我老哥吧。」

「老哥？」

「對。你要直接叫我名字也行，叫哥或哥哥也無所謂，不過如果可以叫我老哥，我會比較高興。」

「……那我就叫老哥。」

「老哥」有種年長、值得尊重的感覺。聽起來多棒啊。

「好！」

既然我們的關係又更進一步了，我便開始刷牙。這時候——

「……那個……老哥，那你可以出去嗎？」

「呸——什麼？可是我牙齒才刷到一半……」

「我想洗澡啊……」

「你可以不用管我喔。我刷完牙就會走——」

「別、別說了，你快出去！」

結果我刷牙刷到一半，就被趕出浴室了。

我無計可施，只好來到客廳的沙發刷牙，並等待晶洗好澡。可是沒想到他洗很久，遲遲都不出來。

最後我只好在廚房漱口，然後回到房間。

話說回來，就算是同性，晶似乎也不喜歡看到或被人看到裸體。

真令人擔心。

以後當他參加校外旅行或是溫泉旅行，都會是這般反應嗎？

想到這裡，我越發覺得不能再繼續這樣下去。隨著他長大成人，這件事一定會讓他越來越困擾。

看來我只好搏命相助，找個機會來兄弟互相刷背吧。雖然我不知道要花多久，我們的感情才會變得那麼要好……

我想著這些，當天早早就睡了。

＊＊＊

——這是我的記憶。

在記憶當中，小學時的我走在昏暗又冰冷的走廊上。

客廳門扉的間隙溢出聲音，我被那聲音吸引而來到門外，往裡頭窺探。只見老爸和曾是母親的人隔著桌子，面對面坐著。

老爸非常生氣，母親則低著頭。

我壓低聲音，側耳傾聽客廳裡的聲音。

「那個人……說他不需要孩子……所以──」

「涼太是我的孩子，他當然要跟著我！」

「可是涼太他──」

「廢話少說！妳想走就快走！然後不准再靠近涼太！涼太由我養大……──」

我在這時候醒來。

又是當時的記憶啊……

即使是事情已經過去將近十年的現在，偶爾還是會鮮明地想起當時的事。

他們沒有彼此推託。

也沒有繼續爭吵。

我就被告知了一句「不需要」。

當時的事或許已經嚴重到成了會讓我作夢的陰影。

我甩開鬱悶的心情將智慧型手機拿來，發現才剛過四點。

現在起床還太早，再睡一覺吧。

話說回來，不知道晶當時有什麼感覺？

不知道他是怎麼看待美由貴阿姨他們談離婚時的事？

希望那件事沒傷他太深，讓他因此作夢……

我再度閉上眼睛，想起第一次見到晶那天的事。

『——我覺得孟德爾定律毫無親情可言。』

或許晶在未來的某一天，也會發現這句話真正的意思。

7 JULY

7月21日（三）

今天是搬家日。我和媽媽先去買東西，再到新家。

老哥說「這不是打擾」，我覺得好高興。

我也很開心有自己的房間。

我的第一個房間很乾淨漂亮，空調的風有一股新機的味道。

我想老哥他們一定努力幫我整理過了。至於家具就選得……有點微妙了。雖然我不會任性挑剔，但應該再挑女孩子氣一點的設計啊……

對了、對了，發生了一件大事！

我居然在浴室看到老哥的裸體了！

可是老哥明明被看光了，卻完全不在意！

而且還說他不會介意！

不過既然眼前的人是女孩子，前面應該要遮一下吧？

他為什麼不在意呢？我覺得有點嚇人……

而且就算我後來想去洗澡，他也面不改色地在那裡刷牙……

他果然是個怪人……

不過這讓我覺得老哥果然是個大人。

第3話「其實我跟繼弟（弟弟）一起打電動了……」

Jitsuha imouto deshita.

晶母子搬來家裡已經過了幾天。

我們兄弟之間不到很要好。雖然這只是我的感覺，我總覺得這幾天處得很不自在。

不過晶基本上都把自己關在房間裡，我頂多只會在吃飯和他有事出房間的時候，才會跟他碰到面。

我今天也是碰巧才在客廳見到晶——

「晶，來打電動吧。」

「不用了。我後天就要考轉學考了。」

——就像這樣。有種跟我保持距離的感覺。

到現在狀況還是沒有進展。

題外話，聽說晶要轉學到我就讀的結城學園。他現在就讀的高中，離我家單程就要一個小時，我們學校的偏差值跟那所學校又沒差多少，所以他決定來念我們學校。

如果我們就讀同一所學校，或許上下學就會一起走。

就像上田兄妹那樣——雖然那對兄妹的感情並沒有多要好——如果能一起上學，好像也挺開心的。

「要我教你嗎？」

「不用了。我可以自己念，而且我不想依賴別人。」

「這樣啊，那你加油。」

「嗯。」

雖然態度冷淡，卻是家常便飯，所以我沒有放在心上，也已經慢慢習慣了。

晶基本上凡事都自己來。

我也是獨生子，所以並不是不懂。

只不過我想跟他有更多共通點，想跟他再相處得融洽一點。

所以我打電話求助某個哥哥前輩。

「——大概就是這樣。光惺，你覺得呢？該怎麼做，才能跟弟弟打成一片啊？」

『誰知道。你問錯人了吧？』

會想到要問光惺，的確是我太蠢了。

『而且我們家是妹妹耶。』

「說得也是。為什麼我會找你商量啊？」

『我要掛了。』

「等——一下！既然這樣……」

『怎樣？』

「你覺得該怎麼做，才能跟比自己小的男生變成好朋友？」

『我對年紀小的臭男人根本沒興趣，你要我怎麼回答？』

這傢伙實在不適合商量事情。

唉，其實我有料到啦，即使如此還是讓人很傻眼。

『……話說你們順其自然不就好了？你硬是這麼積極，小心人家反而會嚇到喔？』

「嗯，或許是吧……」

因為光惺這麼說，我回想了一下最近的事。

我越是主動向晶示好，他就離我越來越遠。雖然我並不想這麼認為，不過或許真的是反效果。

『哦，來得正好——』

「咦？光惺，怎麼了？」

正當我想說怎麼突然沒聲音了——

『——咦？等——哥哥——喂、喂，你好？是涼太學長嗎？』

陽向的聲音突然傳來。

「陽向？光惺呢？」

『啊哈哈，哥哥說換我聽……』

那個死傢伙，又把事情推給妹妹了。

『那麼，學長。你有什麼煩惱嗎？』

「噢……沒有啦，其實——」

我把目前為止遇到的事情都說給陽向聽。

『原來如此。所以學長你想跟年紀相近的弟弟感情再好一點對吧？』

「嗯。不知道妳有沒有什麼好辦法？」

『先找出共同的興趣如何？』

「共同的興趣啊……」

這點我也想過，可是晶就是不肯告訴我。我連他關在自己房裡在做什麼都不知道。我又不想擅自闖進去，然後被討厭，這教我怎麼找出共同的興趣啊？

「他就是連這點都不肯告訴我……」

『那麼去問會幫你的人，或許不失為一個好主意喔。』

「幫我的人——我懂了，原來是這樣啊！」

會幫我的人——就是美由貴阿姨了。如果是當媽媽的，總會知道兒子的興趣是什麼。

「我知道了。陽向，謝謝妳。」

『哪裡，有幫上忙真是太好了！』

「妳幫了大忙喔。可以把電話拿給光惺聽嗎？」

『好的——哥哥——換你啦——』

電話的另一頭又停頓了一會兒後，換光惺接了。

『陽向的建議有幫上忙嗎？』

「有，是你的好幾千倍。」

『既然這樣，下次你直接打給她吧。』

「這有點……」

『嗄？你有什麼好顧慮的啊？』

「因為她……是你妹啊……」

『那如果我不是她哥，你就會直接打給她了嗎？』

真是個會戳人痛處的傢伙。他明明知道我沒膽打電話給女孩子。

「那都是假設……而且站在你的立場，你有什麼想法？我跟陽向聯絡，你身為哥哥，不覺得討厭嗎？」

『不會啊。誰要跟誰聯絡，跟我又沒關係。』

「你這個人實在很冷淡耶……」

『是你自己把人際關係弄得太複雜了啦。想法再單純一點。』

「我最不想被你這麼說……我倒覺得你才應該凡事多想一點。」

『噢，是喔。我要掛電話了——還有，你偶爾也傳ＬＩＭＥ訊息或打電話給陽向吧。再見了——』

光惺順勢這麼說後，便掛電話了。

要我主動聯絡陽向？我不喜歡像這樣把麻煩的事全推給她。

再說了，陽向真的是個「好女孩」。

只要開口提問，她一定知無不言；只要拜託她，甚至願意接手討厭的事。我不能總是依賴這樣的她。畢竟她又不是萬事通。

……儘管心裡這麼想，我還是覺得以後要是因為晶的事情煩惱，或許也可以找她商量。

＊＊＊

跟上田兄妹講完電話後，我來到一樓，美由貴阿姨正好在那裡。

今天老爸工作不在家，所以她一個人坐在沙發上看連續劇。

「那個……美由貴阿姨，我可以打擾一下嗎？」

「涼太，怎麼啦？肚子餓了嗎？」

「不，不是的——其實我有事情想跟妳商量。」

「跟我？什麼事——啊，你坐這裡吧。」

美由貴阿姨的眼睛不知道為什麼，發出耀眼的光芒。我照著她所說，坐在她的旁邊。

第一次單獨跟她說話，總覺得有點尷尬、緊張。

「其實是關於晶的事情……」

「唉呀，真是的。那孩子又做了什麼好事嗎？」

「啊，沒有。妳誤會了，我是想問晶的事……」

「晶的事？你要問什麼？」

「其實我想跟他再要好一點。可是總是找不到機會……」

我說完，美由貴阿姨露出滿面笑容。

「我好高興。涼太，你是在替那孩子著想吧？」

「是啊，算是吧……雖然沒有血緣關係，但難得成為家人，我想問他喜歡什麼，或是有沒有什麼興趣。」

「這個嘛……」

美由貴阿姨把手抵在下頷思索。

「喜歡的事應該是看漫畫吧？」

「漫畫？」

「其實我也不太懂，不過那孩子常常看男孩子在看的漫畫喔。然後興趣是電動吧。那孩子總是在玩智慧型手機的遊戲。」

什麼嘛，那跟我一樣嘛。

既然這樣就好說了。下次我若無其事地拋出漫畫或電玩的話題吧。

「謝謝阿姨。其實我一直無法跟他交好，還覺得很煩惱。」

「其實就連我這個做媽媽的也不是很懂那孩子。不過，有你這麼棒的哥哥，那孩子一定也很高興。」

雖然美由貴阿姨這麼說，我還是有點不安。

「他會高興嗎？會不會反而覺得很困擾啊？他都說不要干涉他了……」

「你為什麼會這麼想？」

「因為我們第一次見面的時候，他拒絕了我們……」

「那是因為——」

美由貴阿姨說著，露出愧疚的表情。

「——那孩子啊，好像還是放不下上一任父親。」

「你是說他的親生父親嗎？」

「是啊。我想太一都跟你說了，他真的是個讓人傷透腦筋的人……」

「其實我也只聽說一點點——」

——我知道對方是個不重視家庭的渣男。

「就算這樣，晶還是很愛爸爸，所以不知道該怎麼看待現在的生活。但這絕對不是太一或你的問題……」

疑問在我的腦中盤旋。

因為晶喜歡那個人渣父親？現在還是？不是過去式嗎？

如果是這樣，我一直以為晶信不過男人，其實是誤判？

美由貴阿姨繼續往下說，就像要回答我的疑問一樣。

「我的前夫——也就是晶的父親，是個不紅的演員。他總是找藉口說自己不紅，只是因為沒有機會。」

「原來妳的前夫是演員啊？」

「對……儘管他接過幾次連續劇的工作，卻紅不起來……結果就喝酒逃避，再來就跟太一告訴你的一樣了。」

「他自甘墮落了呢……」

「是啊。那個人的確有隨便的一面，不過只有在晶面前，是個好父親。他會買很多東西給那孩子，或是帶那孩子去很多地方……」

美由貴阿姨的表情蒙上一層陰影。

總覺得不能再問更深入的事了。

不過她感覺很想把積在心中的話語說出來。為了晶，此時我還是必須聽一下吧。

「其實我和那個人的感情，在離婚之前就已經冷卻了。最後是因為彼此的價值觀不同才會離婚……」

這是常有的事。

夫妻之間價值觀不合，就連我這個高中生都大概想像得出來。

「可是，對八歲的晶說什麼價值觀不同，他一定也難以理解吧？」

「的確是。應該會連價值觀是什麼都不知道吧……」

「晶被夾在我們夫妻之間，跟我們的問題完全無關。那孩子就這樣什麼都不知道地長大……後來不知不覺，就不再提起爸爸了……」

「原來是這樣……」

我也有類似的經驗。

當初雙親離婚時，就那麼一次，我向老爸問過理由。

可是老爸只說一句「我們就是離婚了」。

當時我才七歲，老爸根本不可能對這麼小的兒子說什麼母親出軌，還想跟對方在一起。

不過父親搞錯了一件事。

對大人來說，離婚這個詞並沒有好用到能因此就不對孩子解釋箇中理由。

大人的苦衷。

這些事都跟孩子無關，孩子只能任人擺布。

我因為在某種程度上已經明白內情，所以憎恨拋棄我的母親，並不再繼續追問老爸。

因為老爸主張我是他的孩子、他會把我養大，要是追問，感覺很像在責備他一樣。

晶實際上又是怎麼想的呢？

他的心裡有辦法妥協這些事嗎？

希望他不要因此對美由貴阿姨懷恨在心……

「話說回來，晶喜歡他的親生父親，倒是讓我覺得很意外。」

當我這麼說——

「那孩子笨拙又冷淡的個性，跟那個人一模一樣。」

美由貴阿姨輕笑道：

「說話的口氣也是跟那個人學的。即使知道那孩子不是刻意如此，有時候卻讓我覺得那是在跟我賭氣。我不知道那孩子是不是很恨我，覺得很害怕……」

美由貴阿姨露出令人不捨的不安神情。

晶會不會恨她離婚，恨她因此拆散了自己和父親呢？

美由貴阿姨一直背負著這股愧疚的心情吧。

我想她當時大概是放棄讓晶接受這件事。

她最後決定未來要一直背負強迫孩子接受大人決定的愧疚感。

雖說千金難買早知道，有些後悔終究會留下來。

「涼太，你會恨離婚的爸媽嗎？」

「不會，我很感謝老爸。不過──」

「不過什麼？」

「──我沒有一天不恨曾是我母親的人。」

「這樣……」

「雖然狀況不一樣，我想我稍微可以明白晶的心情了。」

「咦？」

「我覺得他一定不恨妳下的決定。他已經是高中生了，應該覺得這件事無可奈何吧？這是我猜的啦……」

當我說完，美由貴阿姨無力地笑著說：「我也希望是這樣。」

＊＊＊

後來美由貴阿姨出門買晚餐了，我決定在客廳打電動。

順帶一提，我並不是遊戲宅。打電動頂多只是為了打發時間，硬要說的話，我比較喜歡看輕小說和漫畫。

至於手上的遊戲，大多是姑且去買大家都在討論的軟體，都沒有認真玩到破關。

我其實不算是容易喜新厭舊的人，但是對電玩並沒有很講究，所以不管玩什麼，都玩得不久。

其實我在其他方面也有這個傾向，我自己知道這是缺點。

我姑且伸手拿出《終武2》。

這款《終極武士2》是以幕末日本為舞臺打造的對戰遊戲。

登場的角色以新撰組隊士為中心，還有坂本龍馬、岡田以藏，以及其他較冷僻的劍士。

對幕末迷來說，是一款魅力無法擋的遊戲。

順帶一提，我常用的角色是土方歲三，不過偶爾也會用勝麟太郎。我很喜歡勝麟太郎的超必殺技「咸臨丸加農砲齊射」，這個招式很有一看的價值。

不過為什麼軍艦會出現在陸地上，這點我到現在還是無法理解。

另外用祕技還能叫出培里（註：馬修．培里，美國海軍將領。幕末因率領黑船打開鎖國時期的日本國門而聞名於世），但我忍不住想吐槽：「他算武士嗎？」這款遊戲有許多吐槽點，也是它的魅力（？）之一。順帶一提，光惺覺得這是一款「爛遊戲」。

我久違地玩了一個小時左右，此時晶來到客廳。

「老哥，媽媽呢？」

「你找美由貴阿姨的話，她出去買東西了。」

這個話題就這麼結束——不過晶興致勃勃地盯著電視螢幕看。

「要玩嗎？」

「我、我又……又不是想玩，才一直盯著看……」

看樣子他想玩。

「好啦，來啦。我一個人玩，差不多要膩了。」

「可、可是我沒玩過……」

「安啦，操縱方式跟其他格鬥遊戲差不多，你玩過之後，大概就會了。」

「可是我馬上就要考轉學考……」

「休息也很重要吧？反正你先玩一次！好不好？陪我玩一下啦。」

只見晶稍微考慮了一下，然後有些勉強地坐在我旁邊。

我將遊戲切換到普通對戰模式，並將把手交給晶。

「來，你是２Ｐ。你玩過這種主機的遊戲嗎？」

「姑且有。在朋友家玩過……」

「這樣啊。以後你可以自己玩家裡的，不用客氣喔。」

「謝、謝謝你……」

晶有些羞怯地反覆握緊把手。

之前就算我邀他玩，他也不玩的原因，或許只是在客氣吧。

「那我們就快點開始吧。」

順帶一提，我選了德川慶喜。這是僅次於勝麟太郎，我常用的角色。

至於晶——

「哦，中澤琴啊……」

中澤琴——雖是女性，卻女扮男裝加入新徵組浪士隊的女劍士。新徵組本身就是個冷門團體，並不有名。

「你很有品味嘛。」

「我只是覺得很帥，才會選她。」

「是喔……那場地交給電腦選——」

電腦隨機選了五稜郭作為戰鬥場地。

德川將軍家的慶喜跟新徵組的中澤琴互砍已經很亂七八糟了，場地居然還是五稜郭。這對歷史宅來說，從頭到尾都很詭異。不過這樣也很有趣就是了。

「我先聲明，我沒有厲害到可以手下留情喔。」

「什麼……我第一次玩這款遊戲耶……」

「多說無用！上吧！」

就算對手是新手，既然拿起把手，我就不會大意，也不會手下留情。而且對手是弟弟，我更不打算放水。

「我要讓你見識見識我身為哥哥的威嚴。」

「哥哥不是應該禮讓年幼的弟妹嗎……」

太天真了。身為哥哥，世上最不能輸的就是弟弟——

——二十分鐘後。

「——啊哇！晶，等等……暫——停！你這樣太卑鄙了！」

「看我的！」

「唔哇！等……防守——唔哇～輸掉了……」

我輸得一敗塗地。

第一場當然是我贏。畢竟資歷不同。

可是開始十分鐘後，晶就抓到訣竅，第二場就能打得跟我不相上下。

我好不容易才拿下第二場的勝利，可是這次第三場戰鬥，晶卻還留有一條命，就把我打得落花流水。

我沒有大意，也沒有放水。我反而很認真。

晶只用了三場戰鬥，就打得跟我平起平坐……應該說，純粹是我太弱了。

「可惡。晶，你很有一套嘛……」

「嘿嘿嘿嘿～我贏了～！」

晶順勢露出笑容。

我最近都沒看到他的笑容，對我來說，能讓他露出這種表情，就很足夠了。

可是身為哥哥……不對，身為歷史迷，我玩這款《終武2》可不能輸給他。

「晶，再比一場。」

「好好好。」

我選了最常用的土方歲三。

晶好像很喜歡中澤琴，依舊繼續用她。

「我用真本事玩土方的本領可不一樣喔。」

「哦～那我等著看了。」

然而繼續玩到第四場、第五場，相較於晶越來越強，我覺得自己越來越弱。弱到我根本無法想像自己獲勝的模樣。

「晶、晶大人……能請您稍微放個水嗎……？」

剛才放話說要讓人家見識自己的本事，如今身為哥哥的自尊和威嚴已經蕩然無存。

「我也沒厲害到可以手下留情啊——看我的！」

「哦哇！」

……結果皆大歡喜就好。

玩電動的目的——是為了和晶拉近距離。

目標已經達成。

我既成功讓晶笑出來，也讓他沉浸並享受遊戲，這應該就是最令人滿意的結果了吧……

可是為什麼呢？我的心不太能接受……

『——我不會委身下嫁比自己還弱的人。想要我，就來打敗我。』

中澤琴勝利後的臺詞聽起來令人莫名火大。

「啊哈哈哈，又是我贏了♪」

看他高興成這副德性，該不會只是在享受把我打得落花流水吧？

難道只是藉由電玩，發洩平常累積在心中對我的怨恨吧？

我並不想這麼認為，但看他這麼高興，也不無可能。

「欸，晶。要不要玩別的遊戲？就像這種兩個人一起破關的遊戲。」

「什麼？我好不容易習慣這款遊戲了耶。」

「好啦、好啦，《終武2》就下次再——」

「不要，再玩一下——」

就在我要站起來的時候。

晶抓住我的手，讓我重心不穩——

「哦哇！」

就這樣往晶的身上倒下。

「喂……老哥……」

「噢，抱歉。你沒受傷吧？」

當我回過神來，我已經把晶壓在自己身下。

只見晶睜大眼睛，一動也不動。

「你、你沒事吧？對不起，都怪我拉你……」

「沒事，你不必放在心上。」

晶的臉距離我的臉僅有幾公分的距離。

當眼睛的焦距精準對焦在晶身上時，我差點反射性發出感嘆。

他姣好的五官美得讓人嫉妒。近距離一看，那份美更是清晰可見。

「……晶，我說你啊……」

「怎、怎麼了，老哥？」

當我盯著那雙在長睫毛之下的清澈雙眼，視線卻立刻錯開。

接著那雙眼眸開始溼潤，透亮的雪白肌膚最後也滲入一絲紅暈。

晶的氣息慢慢變得急促，看得出來他在緊張。

這讓我覺得自己像在捉弄他，忍不住不懷好意地笑了出來。

不對，我想我應該是真的想捉弄他。

「你長得果然很好看耶。」

「呃——！」

晶的臉紅得彷彿噴出火光。

「啊哈哈哈，不用害羞啦。不然會連我都跟著難為情耶。」

「老、老哥若無其事說出這種話，都不會害羞嗎！」

「對啊，反正我們是一家人（兄弟），沒什麼好害羞的。」

「就、就算是一家人（兄妹），突然說這種話也是……」

他嘴上這麼說，卻沒有抗拒的跡象。感覺像是不知道該怎麼辦才好，還在困惑之中。

照這個樣子下去，或許可行。

應該說我實在無法抵抗自己的欲望。

自從開始跟晶一起生活後，我一直想這麼做，所以我決定付諸實行。

「晶，你稍微閉一下眼睛。」

「咦！等……你想幹嘛！」

「別問了，快點。」

「不、不行啦！」

「安啦，馬上就結束了。」

「老哥，可是我是第一次……」

「別說話，閉上眼睛。我不會弄痛你啦——」

晶最後總算放棄掙扎，維持著紅通通的臉——閉上了眼睛。

原本緊閉的唇瓣緩緩鬆開，最後那對圓潤的嘴唇向上揚起。

我對著晶紅潤的臉頰伸出手。

然後——

「唔咕——！」

——兩手夾著晶的臉頰。

晶柔軟的臉頰被我往上托，臉頰的肉因此被擠出，嘴唇更是變成縱向的一直線。

「……拗哥，洗害漢華哈（老哥，你在幹嘛啦）？」

「感覺你的臉頰果然很軟，就確認一下？」

晶拍開我的手。

「你幹嘛啦——！」

「沒有啦，我想說既然你的臉部肌肉這麼柔軟，表情一定很豐富。可是你卻總是板著一張臉。」

不苟言笑的人有光惺就夠了。我希望晶能笑口常開。

「你就像剛剛那樣，多笑一點嘛。我覺得你笑起來比較好看。」

「笑起來……好看……」

晶有些不悅地別開我的視線。

我可能做得太過火了。

「抱歉，我嚇到你了吧？」

「嗯、嗯……我的確嚇到了……」

「因為你長得很好看，我忍不住想捉弄你。」

「不、不要說好看啦……我長得又沒多好看……」

明明有一副標緻的臉孔，是對自己沒信心嗎？還是說對男人而言，這不算是一種誇獎？

「至少我覺得很好看啊。」

「就、就算你這麼說，我也一點都不開心——老哥是笨蛋笨蛋！」

「哦哇！」

晶把我推開，然後逃也似的跑上樓梯。

不然他要聽誰說他好看，他才會開心啊？

「而且居然直罵笨蛋，他是小學生嗎……」

就在我覺得好像有哪裡不對勁時，美由貴阿姨正好回到家，跟晶錯開時機走進來。

「我回來了～——那個……涼太？晶滿臉通紅跑上樓了，你們怎麼了嗎？吵架了？」

「啊～沒有，沒什麼大問題，請別在意。」

——但事後想想，問題可大了……

我都對晶說了些什麼啊？

更甚者，我都對她做了些什麼啊？

事到如今就算後悔，也悔不當初……

但這時的我，只是天真地認為我和他的距離似乎稍微拉近了一點。

7 JULY

7月25日（日）

今天我跟老哥一起打電動。

他看起來很會玩，但玩了之後，才發現其實很普通。應該說他弱爆了。

感覺得出來他不常玩格鬥遊戲，還求我放水。這種窩囊的模樣有點可愛。

不過之後發生了大事！

沒想到我居然被老哥推倒！

雖然我也有不對，不該拉住他的手，可是他的臉就這樣慢慢靠近，都快接吻了……

他還近距離說我長得很好看，命令我閉眼睛，我無法拒絕。

我還以為再這樣下去會……結果他只是想擠我的臉。總覺得好生氣……

可是他說我笑起來很好看。我也反省了一下，覺得自己太面無表情了。

我打算以後要多笑。

話說回來，老哥跟我相處的距離好近……他平常對女孩子也是這樣嗎？

他該不會是個玩咖吧？

他感覺不像有女朋友，不知道他的感情生活是什麼樣子。

跟老哥接吻啊……

我要反省自己居然覺得不討厭……

第4話「其實繼母（媽媽）拜託我去跑腿了……」

Jitsuha imouto deshita.

晶的轉學考順利結束，時序進入八月。
他也正式開始放暑假，連續好幾天都在家裡無所事事。
最近有幾個令人開心的變化。
首先是第一個。
晶開始會來我的房間借漫畫。
我也會跟晶借漫畫來看，我很高興我們看漫畫的興趣一樣。
再來是第二個。
晶會常常來客廳跟我一起打電動。
「晶，別再玩《終武2》了好不好？應該說封印起來吧？永遠封印……」
「咦～？那我的連勝紀錄不就會永遠停擺嗎？」
「不然我的連敗紀錄會永遠更新下去。我的悲傷會永無止盡地增加啊……」
晶基本上很不服輸，而且不會善罷甘休，不過就算我都輸慘了，他也不會罷休。

而且他實在太強，我已經放棄贏過他了。

我甚至有信心，只要他選用中澤琴，我這輩子都贏不過他。

只要回顧歷史，就會知道兵法的基本原則，是不去打不會贏的仗。那位著名的劍豪宮本武藏，就是因為只和能戰勝的人決勝負，才會毫無敗績……

但身為哥哥，就算知道會輸，依舊必須陪弟弟玩樂。

只要把這個當成是出社會之後，在應酬中取悅對方的練習，這點小事——

「——不對，你又這樣……等——你『繞背』之後用的空中連續技太卑鄙了啦！」

「這明明就是正規技巧。是不防守的人有問題。」

我的慶喜從剛才開始就一直停在半空中被連續技鎖住——啊，死掉了。

「『——我不會委身下嫁比自己還弱的人。想要我，就來打敗我。』」

晶指著我，和中澤琴一起說出決勝詞。這下我真的火大了。

「該死！我絕對要你嫁給我！」

「你現在是在求婚嗎？我才不要嫁給老哥～」

「誰要娶你啊！我是說遊戲！」

「唔……」

為什麼要露出這種失望的表情？而且你是男的吧？

「既然如此，我絕對要把你扔進慶喜的裏結局『大奧後宮』去！我可是將軍大人啊！別小看我！」

「爛透了——好，發動連續技～」

「唔咕……！」

這小子是惡鬼嗎？

不過對上我這個完全不夠格的對手，晶一句抱怨也沒有，陪著我一起玩。最近他常常主動邀我，讓我很高興。

話說回來，為什麼我們玩的遊戲都偏向對戰類的呢？

我有點擔心他不會是想用遊戲把我打得稀巴爛吧？

另一方面，兩人合力破關的遊戲也在晶的幫助下，順利往前通關。

我實在沒想到，過去被我玩得半途而廢的遊戲，現在能獲得新生……總之，我要先跟所有開發遊戲的人說聲抱歉。

就這樣，老爸和美由貴阿姨不會特別警告我們別玩太久。

看我們兄弟和睦地打電動，他們大概不打算潑冷水吧。

不過那天情況不太一樣。

＊＊＊

我和晶跟平常一樣，開心地玩著電動，美由貴阿姨卻滿是顧慮地走過來說：

「晶，抱歉喔。我想請妳去幫我跑個腿……」

美由貴阿姨這麼說著，臉上的笑容已經失去平常的從容。這是因為最近工作很忙，她累積了不少疲勞。

至於老爸，則是因為現場進度落後，在那裡過夜工作的日子變多了。這種事情我已習以為常，不覺得有什麼。

但美由貴阿姨是自由接案的彩妝師，我也是最近才知道她的忙碌程度和老爸不相上下，甚至更忙。美由貴阿姨看起來端莊穩重，對工作的要求其實非常高。

而且不只是電影，她還會擔任連續劇的化妝師，聽說八月的工作行程已經滿檔。

即使如此，美由貴阿姨還是想把家事做得完美無缺，所以我實在有點擔心她。

然而晶面不改色地說：「咦～……好麻煩。」就這麼懶散地躺在木質地板上。

光惺也是這樣。外表姣好的人基本上是不是都怕麻煩啊？

「晶，拜託啦，讓媽媽睡一下……」

她的臉上不再有從容的笑容。儘管已經使用化妝品遮掩，眼睛下方卻有明顯的黑眼圈。

「可是我對這附近又不熟……」

原來如此——我莫名釋出贊同。

晶剛才嫌麻煩，但那應該不是真心話。

只是缺乏對於新鮮事的自信。

光惺也一樣，他偶爾也會因為沒做過的事，反射性地說出「麻煩」兩個字。不對，如果是他，或許真的是嫌麻煩……

這麼說起來，晶在跟我第一次見面那天，也是找不到路。就算拜託他跑腿，他也沒有信心可以自己行動吧。既然如此——

「美由貴阿姨，我去吧。」

「涼太，可以嗎？」

「是啊，當然可以。應該說請妳也不要客氣，儘管使喚我吧。」

「涼太，謝謝你。那就拜託你了。」

「還有晶，我帶你認識環境，要不要一起去？」

「咦？我也去？」

「既然住在這裡，認識附近有些什麼比較好吧？」

「的確是這樣……」

「你們之前是先去超市和藥妝店，然後才來我家的吧？還有其他方便的店可以認識一下，要去嗎？」

「……好吧。那我跟你一起去。」

我偷偷瞄了美由貴阿姨一眼，沒想到和她四目相交。

她滿意地笑了笑，對著我點點頭。

「那我把要買的東西寫下來，等我一下──」

＊＊＊

在美由貴阿姨寫採買清單時，我和晶開始做外出準備。

這麼說起來，我還沒跟晶一起出門過。

或許就是因為這樣，我有些期待。如果他不排斥跟我出門，以後我也想跟他一起去電玩中心或書店。

「不過該穿什麼出門呢？」

我的衣櫥裡姑且有外出用的衣服。

但幾乎都是老爸從拍片現場拿回來的。聽說都是我不太認識的演員穿去現場，然後送給

老爸。這些衣服都很有個性，要穿著它們出去，實在需要一點勇氣。

我既不是個性鮮明的人，也沒有時尚到有辦法駕馭這種具挑戰性的穿搭。

而且又不是要跟女孩子出去約會。只不過是要跟弟弟出門買東西罷了。

Simple is best. 也就是說，低調的服裝最好。

「沒辦法了。就穿平常的衣服吧……」

結果我選了跟平常一樣的素面上衣和褲子。

我換好衣服走出房間，正好遇上剛從房裡走出來的晶。

「準備好了嗎？」

「嗯。」

仔細一看，他身上穿的是跟平常一樣寬鬆的衣服。明明是夏天，上半身卻穿著不會露出肌膚的帽T，下半身則是貼身的牛仔褲。是我第一次和他見面時的打扮。

「你穿這樣就好了嗎？」

其實我沒辦法對別人的打扮說三道四，但還是姑且問一下。

「我習慣穿這樣啊……」

「不熱嗎？」

「不會……」

「是喔？但我勸你多放點興趣在打扮上，會比較好喔。難得你有一張人見人愛的臉。」

「我、我才沒有人見人愛！」

我明明是半開玩笑地這麼說，晶卻氣得滿臉通紅，真可愛。

「是喔？總覺得好可惜。」

哪像我，不管穿什麼都不會受歡迎——我沒有說出這句諷刺。

因為那會讓我覺得自己輸了，很不甘心。

「那就走吧。」

「嗯。」

我們來到一樓，從美由貴阿姨手上接下採買的清單、錢，還有兩個大的購物袋。

要買的東西很多，不過看那張清單，都能集中在一間超市買到。

今天還有晶幫忙，能兩個人分擔拿東西真是太好了。

我走出玄關等待，只見穿著運動鞋的晶接著出來。

他卻因為臺階，腳突然絆了一下。

「呀！」

「小心！」

我急忙撐住晶。

「沒事吧？」

「嗯、嗯，沒事……」

雖然晶這麼說，我卻很有事。我忍著就快傾洩而出的笑意。

「晶、晶……你剛剛是不是發出尖叫了……？」

我想他應該是反射性叫出來的。但那明明是女孩子才會發出的尖叫。

「我只是不小心叫出來而已！不准笑！」

「而且你有很多贅肉耶。」

我剛才抱住他時，好像有股柔軟的觸感。

我懂了，所以他平常才會穿著寬鬆的衣服啊。我莫名想通了。

「煩、煩死了！而且你摸哪裡啊！」

我又惹他生氣了。

不過數落體型確實不太好。畢竟他也正值青春期嘛。

＊　＊　＊

往超市前進的途中，我走在晶的旁邊不斷討好他。

「抱歉、抱歉。如果你很介意，我跟你道歉就是了。可是啊，你還是再稍微鍛練一下比較好喔。」

「這是什麼意思？」

「因為我看最近的你基本上過得很懶散啊。在客廳的時候，都躺在地板上滑手機或看漫畫；關在房間裡的時候，一定都在睡覺吧？」

「唔……」

「剛才因為臺階絆到腳，就是運動不足的證據。」

晶一臉被戳到痛處的表情。

「你實在太鬆散了──不過你肯這麼放鬆，我很高興啦。」

「高興？」

「你看嘛，剛開始你一副把人拒於千里之外的感覺──所以我原本以為你是個更不會露出破綻的人。」

「啊……」

我想起之前我們第一次會面的情景。

『──抱歉，我醜話說在前面。這種場面話就免了吧。』

晶好像也回想起當時的事，一臉尷尬。

「……你別把那時的事放在心上喔。我和老爸都不在意。」

「不，劈頭就用那種態度對你們，我真的覺得很對不起……」

「我就說不用放在心上了。你最近不是會跟我一起打電動嗎？看到你這麼放鬆，我身為哥哥，覺得你好像敞開心房了，所以很高興。」

「老哥……」

「不過你可以再放鬆一點喔——就像這樣！」

「唔哇！」

我把手搭在晶的肩上，將人拉過來。

晶的身高大概是一百六十公分。肩膀也不寬，所以就算勾肩搭背，他也正好能容納在我的臂膀之下。

肥皂的香氣刺激著我的鼻腔，反倒讓我擔心自己有沒有汗臭味。

「老、老哥，你別鬧了！」

「我可沒有在鬧。這是我的親愛之情。」

晶滿臉通紅，彆扭地縮成一團，不過並沒有抗拒。

與其說他同意我能這麼做，更像是不知道該怎麼反應吧。

「老哥，你對每個人都這樣嗎……？」

「沒有啊，只對你。」

「唔——！」

「應該說，因為是你，我才會這麼做吧。」

光惺的身高比我高，勾肩搭背的體驗想必很差。至於陽向……我根本不敢做。

而且我沒幾個知心好友，能像這樣毫無顧忌對待的人，也就晶這個弟弟了。

「老哥，好了啦。維持這樣走路很丟臉耶……」

「是喔？那就算了。」

我收手之後，晶的臉還是很紅。

再怎麼說，在外面勾肩搭背還是太過火了嗎？不過從晶並未感到厭惡來看，或許他已經漸漸接受我了。

我希望我們能繼續往一對和睦的兄弟前進。

要是晶也這麼想，那就好了。

＊＊＊

我們抵達超市後推著推車，把寫在清單上的物品一個一個丟進車籃。
「話說回來了，老哥。我們這樣有意義嗎？」
「誰知道。我只是之前不知道在哪裡看到過，但不曉得到底有沒有效。」
我們以順時針方向，走在超市之中。
超市基本上依照「人類往逆時針前進的法則」，將商品以逆時針方向陳列。
箇中理由有很多，有些是說因為往逆時針方向走，右手能更便於拿取商品；有些則是說因為心臟在左側，以逆時針方向走比較舒服。
總之基於商業考量，以逆時針方向設計路線，客人留在商場的時間會比較長，忍不住會選購不必要的商品。
反過來說，買東西的時候以順時針方向前進，就能縮短留在商場的時間，進而不會選購不必要的商品。我在某本書上看過，說這樣能減少開銷。
但是說實話，我不知道到底有沒有用。
追根究柢，我跟老爸兩個人一起生活的時候，根本沒在意過在超市停留的時間。如果有想買的東西，也不會管保存期限和價錢，只是一個勁地丟進購物籃，然後去結帳。

我們真嶋家父子就這麼過著和節約開銷無緣的生活方式，但四個人一起生活就另當別論了。其實雙親應該都賺了不少錢，可是如果我和晶未來要讀大學，想必會需要一大筆錢。而且我們兄弟只差一歲，一定更花錢。

我想儘量減少雙親在金錢方面的負擔。

這也是我以自己的方式在盡孝。

「──那麼老哥，你手裡拿的是什麼？」

我的手緊抓著不在採購清單中的零食。

「你看嘛，打電動大腦會累啊。所以要一邊打電動，一邊補充糖分。」

「至少也要說念書吧……」

「你還不是把能量凍飲放進籃子裡了。」

「這是熬夜念書需要的……」

「少騙人。我看你是熬夜玩社群遊戲吧？」

大概是被我說中了，晶發出「唔……」的呻吟聲。

「能量凍飲裡面有超多糖分，你再繼續胖下去，我可不管你。」

「我、我才不胖！」

我們兄弟就在零食區展開一場毫無意義的爭吵。

＊＊＊

結完帳後，我和晶離開超市，走上回家的路。

「來。」

我把可以相親相愛分著吃的管狀冰棒「PAKIKO」，分成一半拿給晶。

「謝謝你……」

晶接過冰棒也從開口吸吮，將冰從管子裡吸出來。這麼一來，我們就是共犯了。

「話說回來，晶。美由貴阿姨真的很厲害耶。」

「哪裡厲害？」

「就是這張採購清單啊。你看了之後，沒發現什麼嗎？」

「……你是說她明明一把年紀了，還若無其事地用印有可愛角色的便條紙嗎？」

「不是啦！不要扯到人家的年紀和興趣——我是說這些東西的順序。」

「咦？」

看樣子晶完全沒發現，不過我在買東西途中，就隱約發現了。

「這根本不是想到什麼寫什麼，而是用超市貨架的先後順序寫成的。」

「什麼！」

從蔬菜開始，到肉、魚、熟食、日用品——美由貴阿姨為了避免我們在超市裡不斷來回走動，推敲超市的商品陳列和效率，才寫下這張購物清單。

怪不得平常不怎麼逛超市的我們，能順利找到商品。

雖說如此，由於我們採逆向選購，所以是從清單下方的物品開始丟進購物籃，而不是上方。如果照著清單從上方開始買，或許速度會更快，只不過我後來發現時已經太遲了。

換句話說，我們由順時針逛根本毫無意義。

說起來，既然有購物清單，我們本來就不會去買多餘的東西，而且到頭來我們還是買了多餘的東西，由順時針逛根本沒有用。

算了，如果下次還有機會跑腿，就照著清單順序採買吧。

雖然可能還是會買多餘的東西就是了……

「應該是因為媽媽以前在超市打過工的關係吧。」

「自由接案的彩妝師也有這種刻苦的時代啊？」

「是跟爸爸離婚前的那一陣子吧……」

「這樣啊……」

我隱約察覺隱情，就沒有再深究了。

雙親離婚——這是我們之間共通的話題。

可是，我覺得我還不能碰觸這個話題。

就算是共通話題，也要等我和晶的感情再好一點，才能談這件事。

＊　＊　＊

我們走著走著，PAKIKO也已經吃完。我以前想過，要是有兄弟姊妹，有一件事我一定要做一次，所以我這麼向晶提議：

「好，晶，來吧，猜拳決定誰拿東西。」

「咦！要拿兩袋這麼重的東西嗎！我絕對不要！」

「可以順便練肌肉啊。用這個練身體不是正好嗎？」

「唔呃……老哥真是魔鬼……」

「你在《終武2》裡，毫不留情地把人鎖在連續技裡，沒資格說別人是魔鬼。」

經過公正猜拳的結果，贏的人是——

「哈哈哈！看到了吧？這就是哥哥的實力！」

——是我。

該怎麼說呢？可能是在電玩以外的地方贏了晶，所以我非常高興。

「什麼實力，不過就是運氣好嘛……」

「多虧我平常有積陰德。人家從以前不就常說『運氣也是實力的一環』嗎？我看你就當成是慶喜和土方的怨念吧。在天國的兩位，我幫你們報仇了喔！」

「總覺得好火大……」

我把手上的東西交給晶。晶雙手的負重瞬間增加，「唔呃～」地發出窩囊的聲音，同時抱起購物袋。

「好重……」

然後發出鬧彆扭的聲音。

「老哥……」

接著又發出撒嬌聲。

打電動時明明就不服輸，這種時候卻不會跟我爭吵說：「我比你壯！」不過東西的確很重啦。

身為哥哥，驕縱他是不太好，但我也無法不理會可愛弟弟的悲痛慘叫。

「不然就在那個轉角換人吧。」

「太好了！」

真是個現實的傢伙。

他這種撒嬌方式……好啦，是還不壞。

結果我從晶手上接過東西後，兩手就這麼拿著購物袋一直到家。

之後晶的心情一直很好，回家後也邀我一起打電動，睡前還會來我的房間借漫畫。

於是，雖然速度很慢，我和晶的感情漸漸變好。

即使不到關羽和張飛兩人那種程度，我們這對繼兄弟的情誼確實很穩固了——看起來是如此。

8 AUGUST

8月2日（一）

今天我跟老哥出門幫媽媽跑腿。

說實話，我覺得有點麻煩。

老哥該不會對媽媽有意思吧？

就算沒意思，他也不時會看著媽媽的身體……

男人實在是……這種感覺很像我被媽媽比下去，很令人生氣！

這麼說來，老哥要我注重打扮。經他這麼說，我也覺得自己要稍微用點心思比較好。

……老哥喜歡比較女性化的衣服嗎？

雖然我有之前媽媽給我的衣服，要是穿了那個，老哥怎麼也會嚇到吧。

不對，他在玄關抱住我的時候，就嘲笑我像個女生。我猜老哥可能只把我當成弟弟吧……

那我還是不要穿那件衣服了！

話說我又沒有贅肉，他真的很沒禮貌！

還突然勾肩搭背，害我小鹿亂撞，卑鄙！

不過我今天也看到老哥溫柔的一面！

猜拳決定要誰拿東西的時候，就算我猜輸了，他還是肯輪流拿，而且之後什麼都沒說，就一路拿回家。他雖然是個怪人，卻是個可靠的人。

我們還差點聊到媽媽離婚的話題。

可是老哥沒說「我也一樣～」，沒有厚著臉皮追問我。

跟他相處真的很輕鬆。而且他一直體貼著我……

我想更了解老哥的事。想跟他變得更要好……

我會這麼想，是因為我們是兄妹？

還是說……

第5話 「其實我跟繼弟(弟弟)要一起洗澡了……」

Jitsuha imouto deshita.

後來這件事，在跟晶他們一起生活三個星期後發生——

我和晶這天也一樣，懶懶散散地一起度過。

晶似乎迷上最近買的ＲＰＧ遊戲，甚至特地買攻略本來認真破關。

順帶一提，晶是會頻繁存檔、謹慎往前的類型。而且他的存檔個數會不斷增加，跟不斷複寫在同一個檔案的我完全不同，由此可見我們個性的不同。

至於我，則在打電動的晶身旁，把堆積已久的漫畫和輕小說看了個遍。

「老哥，我玩累了，你跟我換。」

在晶休息的期間，我就負責最枯燥的練等級和打道具。

與其說是幫忙，我更有一種被晶使喚的感覺，但就算這樣，我也不覺得哪裡不好。

「我說你們兩個，暑假作業都沒問題嗎？」

美由貴阿姨大概是看不慣我們這麼懶散，這是她第一次碎碎唸。

「我起步本來就比較慢，沒問題。」

「我有一點一點在做，沒問題。如果來不及，我會叫老哥幫我。」

「給我等一下，我什麼時候說過要幫你？」

「之前不是說過嗎？你說你會教我念書。」

「那、那是你轉學考的時候吧？我再厲害，也沒空幫人寫功課耶！」

美由貴阿姨一邊苦笑，一邊看著我們一來一往拌嘴。

對了，晶的轉學考順利過關，從第二學期開始，就會跟我一樣就讀結城學園。我一跟他說以後可以一起上下學，他便看起來很開心。

當我回過神來，我和晶已經能以最自然的模樣相處了。

我不知道晶有什麼感覺，但我覺得我們之間的距離已經縮短。

——而這件事就發生在我這麼想之後。

＊＊＊

「那我該出門工作了，你們兩個要乖乖寫暑假作業——接下來麻煩你們看家嘍。」

中午過後，美由貴阿姨做好出門準備，來到客廳叮囑依舊散漫玩樂的我們。連續劇似乎會在晚上開拍，所以她現在要出門工作。

「好～」

「路上小心。」

我們在客廳目送美由貴阿姨出門之後沒多久，換老爸打電話回來。

『涼太，我剛才也跟美由貴說過了，我今晚看樣子也回不去。』

「是喔。你的工作還真辛苦。」

『這算是家常便飯了。贊助商跳出來插嘴，導演氣瘋了。所以要從背景重新來過。』

「啊哈哈，大人的世界也很辛苦嘛～」

『事情就是這樣，家裡就拜託你嘍。』

「好，包在我身上。我跟晶會好好看家。」

我掛斷電話後，晶接著詢問：「怎麼了？」

「老爸說他又要在那邊過夜了。」

「叔叔的工作也很辛苦耶……」

「但我看他很樂在其中，所以還好啦。」

「因為連續劇會拍到半夜，媽媽好像也會很晚才回來。」

「不知道勞動改革到底改到哪裡去了。」

「反正媽媽也算是個工作狂，沒差吧？」

「說是這麼說，我們兩個被留在家裡要怎麼辦啊？」

我一說完，晶便揚起嘴角笑了笑。

「你這不是多此一問嗎？」

「也對啦。呵呵呵呵……」

我們雙雙浮現陰險的笑容。

「那晚餐就點披薩吧？」

「不錯耶～啊，只要是番茄醬那類的，我吃什麼都可以。」

「哥哥我無條件選擇放了起司的——好，來選吧。」

就這樣，我們兩個計劃好，等一下也要繼續耍廢。

至於我的暑假作業做得怎麼樣了呢？

那種東西就是要等到暑假後半段被死線追著跑的時候拚命寫，才會發揮更多實力。我可是很嚴以律己的類型。

因此今晚就跟我親愛的弟弟好好享樂吧。

——然而發生在家庭裡的事件，絕大多數都是父母不在、只有小孩子獨處的時候發生。
身為高中生的我們自然不在話下。
應該說，那根本是我單方面幹出的好事……

＊　＊　＊

傍晚，我們吃著披薩，認真攻略遊戲。
但我從剛才開始就對某件事很在意。
晶的嘴邊沾到披薩的番茄醬了。而且不是沾到一點，番茄醬橫跨的範圍很廣；說得誇張一點，簡直成了馬戲團的小丑。
本人不知道是沒發現還是不在意，專心看著遊戲畫面，完全不打算擦拭。
「喂，晶。你的嘴邊沾到番茄醬了喔。」
「咦？哪裡？」
「說不出是哪裡，整嘴都是。」
「咦？騙人，真的假的？」
晶拿起衛生紙擦拭，但是番茄醬意外地頑強，擦是擦掉了，卻往旁邊延伸。

「你轉過來一下——好了，這樣就擦掉了。」

我用溼紙巾替他擦完，他卻整張臉紅到耳根子去，急忙別過頭。

是因為都高一了，卻犯下這種跟幼兒園小孩一樣的可愛失態，讓他覺得丟臉嗎？

「謝、謝謝你……」

「真是的，你也太專心打電動了吧？」

我臉上雖然掛著笑容，其實看到他害羞的表情，也跟著不好意思。

這樣一看，更讓我覺得晶真的長得很好看。

不只好看，還能看到表情變化，讓人覺得很開心。

雖然剛開始不苟言笑又不討喜，現在卻會笑、會嫌棄、會鬧彆扭、會生氣，而且還會像剛剛那樣害羞，表情變得很豐富。

就好的方面來說，他已經卸下對我的心防。我身為哥哥，看到他那樣不設防，覺得非常開心。所以——

「……晶，我很高興能跟你成為手足。」

我反射性地說出當下的心情。

「你、你幹嘛突然講這個……」

與其說他嚇傻了，更像是覺得害臊。

「這是我的真心話。如果沒有你，我的暑假就只是自己一個人耍廢而已。」

事實上，晶和美由貴阿姨來到這個家之後，氣氛確實比以前開朗許多。

最近我們也能自然相處，而不是尋找彼此的平衡點。

剛開始令我不安的新生活，如今揭開真面目，也只會讓人笑著說：「原來就這樣啊？」

「就、就算不跟我玩，你也可以找別人吧？老哥沒有朋友嗎？你整個暑假都跟我在一起對吧？」

「有是有啦，只是很少。」

我不小心虛榮心作祟，說了「很少」。說到朋友，我也只想得到光惺一個人。

這麼一想，如果沒有他，我在學校真的就落單了也說不定。

「可是你感覺應該有很多朋友耶……」

「你太抬舉我了。硬要說的話，比起結交很多朋友，找幾個可以深交的人比較好——」

——這是所謂的落單理論。簡單說，就是死鴨子嘴硬。

我不擅長和不特定多數人交流，特定少數對我來說較輕鬆。

以這層意義來說，跟從國中開始就有交情的光惺混在一起，輕鬆很多。

至於陽向……我還是覺得有點尷尬。

「晶，你呢？我當你的哥哥，你覺得好嗎？」

「這個……」

當我問完，晶的臉色稍微沉了下來。

是思緒還沒整理好呢？還是他覺得不好呢？

他不知道該怎麼回答我，遲遲說不出話來。

「你果然不喜歡嗎？」

「沒有，不是這樣……只是我有時候跟你在一起，都覺得怪怪的……」

「怪？」

「該說覺得心裡很亂嗎？我不知道該怎麼說——」

現在他的臉變紅了。

「——啊，不過跟你在一起很快樂喔！」

「那就好。」

至少跟我在一起時，他覺得快樂，那就好了。

「但是說到我的希望——」

我覺得我們彼此的距離，還沒有近到能坦誠表現出自己的真心。

「——我還想繼續縮短跟你相處的距離……」

我們都經歷過父母離異，我希望我們能親密到有辦法談論這方面的話題。

「咦！這是什麼意思？」

「就是我希望你對我能再隨性一點。我可能不可靠，但好歹也是你哥啊。」

「因、因為是我哥嗎？啊哈哈哈……」

既然又講開了一件事，我也總算是下定決心了。

「好！不然晶，我們一起洗澡吧！」

我想，能和晶縮短距離的辦法就只有這個了，因此提議執行這件我從之前就決定好要做的事。

「咦……咦咦咦咦咦——————！」

晶突然面紅耳赤地大叫。

「有什麼好驚訝的啊？我從以前就想試試看手足互相刷背了。就是所謂的坦誠相見？」

「坦、坦坦坦坦坦、坦誠相見！」

「不要害羞啦。只是刷背而已。」

「居、居然說而已……你、你是認真的嗎！」

「對啊。你不喜歡？」

「不是喜不喜歡的問題，這不行啦！彼此都會看光光耶！這根本不是隨性的程度了！」

「可是我不介意啊。」

「我會介意啦——！」

他好像對自己的身材不太有信心，但其實我也一樣。今年暑假無所事事的生活，似乎讓我的體重稍微增加了。

「如果害羞，可以用毛巾遮住，而且只會看到彼此的背，這樣沒差吧？」

「真、真的只會刷背？」

「不然還能幹嘛——啊，頭髮我可以自己洗，沒關係。」

「不、不是這個問題！我是說……」

「你還是不想？」

「都已經高中生了，這實在是……而且我們是一家（兄妹）人耶……」

「就因為是一家（兄弟）人啊。我偶爾會跟老爸去澡堂，並且幫他刷背喔。」

「那是……因為……你們是父子，因為是叔叔啊……」

「就是這件事。晶，你國小、國中去校外旅行的時候，洗澡都是怎麼洗的？」

「怎、怎麼洗的是什麼意思？」

「是大家一起去浴池洗澡嗎？」

「不是……是在飯店房間裡，在浴缸放水，然後大家照順序洗……」

「你曾經去過溫泉或三溫暖嗎？」

「不曾……」

我就知道。

晶大概本來就不習慣看見別人的裸體。

拉近和晶的距離固然重要，但我也很擔心他這方面的問題。

「以後可能會全家人來一場溫泉之旅，高中也會有校外旅行，不是每次都能在房間裡洗澡。要是你不趁現在累積跟別人洗澡的經驗，以後可能會傷腦筋喔。」

「或、或許真的是這樣……可、可是要我跟老哥……」

「我身為哥哥，很擔心你的將來。這可能是我多管閒事，但我決定下海幫你一把。」

「可、可是我還是不行！要是被叔叔或媽媽知道……」

「為什麼會扯到老爸他們？這點小事不要緊啦。」

「這算是『小事』的等級嗎！」

不過就算被他們兩人知道，我也能想像會是什麼反應。

「我猜老爸和美由貴阿姨只會覺得我們的感情變得很好吧？」

「不不不不不，我就說事情沒這麼簡單啦……要是他們知道，事情就不妙了……」

看來他相當講究這一點。

不過既然穿幫不妙，那不要穿幫就行了吧。

「不然就當成我們（兄弟）之間的祕密，不要讓他們知道。反正老爸今天不會回家，美由貴阿姨也會很晚回來，沒問題啦。」

「我們（兄妹）的祕密……」

「對。如果你無論如何都不想被他們知道，就這樣吧。」

晶接著頻繁用右手搓揉左肘，整張臉染上潮紅，最後抬起視線看著我。

「老哥……你喜歡我嗎……？」

「咦？對啊……我當然喜歡你啊。」

總覺得心情上變得很奇怪，但我還是這麼回答了。

我說的當然是「身為家人的喜歡」，沒有任何深意；但對晶而言，這似乎很重要。

「要是穿幫了……你會負責嗎？」

「那當然。要是出了什麼事，我會負責。」

「…………」

我這種邀人的方式或許有些強勢。

不過我不會勉強他。要是他不喜歡，我也會死心——

「——那好吧。如、如果只是刷背……」

晶羞赧地答應了——不，應該是拗不過才答應。

＊＊＊

我先脫了衣服，在浴室等待晶。

就正面的含義來說，我現在有點緊張。

我的目的當然不只是要拉近我和晶的距離，這也是替他的將來著想。

以前晶曾經看到我的裸體拔腿就跑。如果他能因為這次機會養成一點免疫力，那我會很高興。

我先拿毛巾把前面遮起來，然後背對門口坐在浴室的椅子上。這時候——

「打、打擾了……」

浴室的門開啟，晶終於進入浴室。

「嗨。那就麻煩你快點開始吧！」

「好、好的……請多多指教……」

講話為什麼要這麼拘謹？我原本這麼想，後來才明白晶一定也很緊張吧。

不過只要這次一切順利，以後或許就能和晶一起去澡堂，或是偶爾在家互相刷背了。

人類一旦妥協過一次，第二次、第三次後就會變成習慣，覺得「如果只是這樣，那也沒關係」。

因此下次晶也不會像今天這樣抗拒才對。

就在我想著這些時，晶已經緩緩來到我的背後蹲下。

位在我正前方的鏡子已經起霧，所以後方的狀況是一片模糊。

不過我能輕鬆想像晶臉上的表情。

我猜他一定正忍著心中的羞恥吧。我先稍微緩解他的緊張吧。

「對了，晶。你以前曾經幫別人刷過背嗎？」

「頂多小時候曾經幫爸爸刷過吧……」

「那你還記得怎麼做嗎？」

「不，我不太記得……」

「那你先從浴缸舀水，沖一下我的背。」

「知、知道了……」

晶照我所說的，拿著浴盆從浴缸舀水，然後一點一點往我背上沖。

「你可以一口氣倒下去喔，啪唰——這樣。」

「嗯、嗯……」

晶接著照做。

當熱水一口氣沖過我的背——

「唔……好舒服～！」

我的心聲不小心跑了出來。

「拜託！老哥不要發出怪聲啦！」

「可是真的很舒服啊——別管我，你繼續沖啊。」

「我、我知道了……」

後來還沖了第二次、第三次，熱水就這麼從背部擴散到全身。

「好了，再來麻煩幫我洗背。」

「嗯……」

我把自己平常用的沐浴乳交給晶。

接著聽到擠沐浴乳的聲音從背後傳來，再來是搓泡泡的聲音。

——總算要來了嗎？

我期待已久的享受時間就要展開——

「好，再來一口氣……——唔啊！」

「咦？咦？咦？怎、怎麼了！」

「拜託，晶。你在幹嘛！」

「咦？我做錯什麼了嗎？」

「你怎麼沾了沐浴乳之後，『直接用手搓洗背』啊！」

這可不是做錯了什麼的程度。

當晶沾滿沐浴乳、全是泡泡的柔軟手心滑過背脊時，我全身汗毛忍不住向上豎起。

「因、因為我平常都用手洗……」

「這、這樣啊。抱歉，我不該吼你……我偶爾也會用手洗，不過這種時候，基本上都是用擦澡巾刷背喔。」

「這、這樣啊！也對！我就覺得好像怪怪的！」

既然這樣，你一開始就用擦澡巾啊——我默默在心裡吐槽。

「用手洗實在是……啊，那邊有一條藍色的擦澡巾對吧？用那個洗吧。」

「嗯、嗯……」

晶拿著用沐浴乳起泡完畢的擦澡巾，就這麼放在我背上。

「那我要刷嘍？」

「好，來吧！」

至於力道方面……輕得很絕妙。

感覺就像在撫摸我的背，這樣跟剛才用手洗的觸感根本沒兩樣。

「晶，我的背可沒這麼脆弱喔。」

「咦？我可以再用力一點嗎？這條擦澡巾硬得像棕刷一樣，你不痛嗎？」

「不會。刷到皮膚變紅的那種痛才剛好。」

「真、真的可以嗎？」

「可以。所以你再出點力，一口氣刷過去！」

「知、知道了……」

晶以我的背為中心，把擦澡巾放在脖子下方。

然後以他的臂力——應該說，他放了部分體重在我的背上。然後——

「呀！」

「哦哇！」

似乎是在使力的瞬間，手或腳不慎打滑，晶的體重直接壓在我的背上。

我使力撐住身體不要往前倒，好不容易才撐起晶，可是——

「晶，你沒事——」

——……這是什麼觸感……

我感覺到有某種柔軟的東西撞上我的肩胛骨。

那個柔軟的東西跟晶的體重一起壓在我背上，因此擴大了範圍，但另一方面又保有彈力，我感覺得到那東西正在抵抗，試圖恢復它原本的形狀。

下一秒，那東西在觸碰我的背的同時，分離成兩個。

當我的背部感受到這一連串的動作，我的心中湧現一股無法言喻的悸動。

我無法承受那份悸動，身體整個往前倒。

卻使得狀況更糟了。

「呀啊！」

因為我大幅度地往前倒，晶的身體比剛才更緊貼在我身上。

而在我背上的柔軟觸感也跟著擴大。

這個時候，有一種天啟……或者應該說是壓倒性的靈光一閃……

知識、經驗、本能、想像、科學、神祕——這些東西都在瞬間結合，使這個不明確的柔軟物體，在我的腦中逐漸變成明確的答案。

於是此刻，我清楚理解了。

——那東西毫無疑問、千真萬確就是「胸部」。

晶離開我的身體，我們之間充斥著短暫的靜默。
當水滴從天花板落到浴缸中，我才回過神來。
「……那個……晶大人？我方便請教一件事嗎……？」
首先打破沉默的人是我。
「幹、幹嘛？而且你講話怎麼這麼畢恭畢敬……？」
羞恥與混亂。
我不知道先出現的是哪一方，但這些感受像毒物一樣從我的頭頂擴散到全身。我的感官已經麻痺，心臟的跳動也瀕臨極限。
我努力先讓自己冷靜下來。
冷靜之後，有個一定要搞清楚的問題隨之顯現。
「不好意思，我冒昧請問一下——」
我必須問清楚。
卻猶豫問出口。

我希望這乾脆是一場夢。

想歸想，現在依舊留在背上的觸感卻一再告訴我：「這是現實。」

我就這樣戰戰兢兢地開口：

「晶大人您不是弟弟，而是妹妹嗎……？」

當我問出口的瞬間，遇見晶之後到今天為止的所有事情，像走馬燈一樣從眼前閃過。

事後想來，儘管覺得不可思議，我為什麼會覺得晶是弟弟呢？

聽到自己要當「哥哥」，我便老實接受。縱然這就是我誤會的開端，我卻深信不疑。

現在想想，這段時間我有的是機會察覺。

然而我全數忽略那些線索，只看著自己想看的真相，完完全全相信晶就是弟弟。

『對啊，因為你很遲鈍嘛。』

這時我突然想起老爸說過的話。

不不不，這可不是一句遲鈍就能解決的事態啊……

不過現在答案還沒出現。

搞不好他是個胸部隆起的弟弟啊……可能吧。

可以的話，我多麼希望聽到晶說：「才不是。」不過——

「對、對啊，幹嘛事到如今問這個……？你到底為什麼要這麼畢恭畢敬？」

——現實實在太殘酷了。

「……這段時間我真的很抱歉！」

我刻意不去看晶，把身體沖乾淨後，在更衣間擦乾身體，然後來到走廊。

我的心臟到現在還在狂跳，彷彿下一秒就會蹦出來。

後來晶似乎也從浴室出來，我隔著門聽見她在穿衣服的聲音。

「老哥，你該不會還在那裡吧？」

「啊，對……我還在……我真的很對不起！其實我一直誤會妳是弟弟！非常抱歉！」

我隔著更衣間的門，一個勁地低頭道歉。

既沒有辯解的餘地，也丟臉到沒臉見她。

隔著門說話就已經是極限了。

「唉……原來老哥一直以為我是弟弟啊……」

「真的很對不起……」

「……好了啦——反正我也一直會錯意……」

「咦？會錯意？」

「沒、沒什麼！反正今天發生的事，絕對不可以說出去喔！」

「好……」

話雖如此，我想晶一定大受打擊。

我無地自容，直接回到自己的房間，然後直奔被窩裡。睡覺吧……

可是回想起至今發生過的事，我實在睡不著。

我從明天開始，要怎麼面對晶呢……

8 AUGUST

8月11日（三）

自從我來到這個家，到今天就三個星期了。

今天叔叔因為工作不在家，媽媽也要到深夜才會回來。

我跟老哥吃披薩、打電動，他說他很高興跟我當兄妹。

剛開始，當老哥說想跟我變得更要好的時候，我還覺得我很難跟爸爸以外的男生融洽地相處。可是當我回過神來，才發現都是我主動親近老哥。

我覺得這是一個很不得了的變化。

老哥說想把距離再拉近一點。

看到老哥真的很重視這樣的我，我覺得很高興，也很難為情。

但我們再怎麼親近，一起洗澡也太怪了……

雖然他說刷背就好，可是都是高中生了，

正常兄妹會一起洗澡嗎？而且我們沒有血緣關係耶……

我就覺得奇怪，但現在我都搞懂了……

沒想到老哥一直以為我是弟弟……

這可能嗎？一起生活了三個星期，這種誤會是合理的嗎？

不過我之前就覺得老哥怪怪的，現在更知道他一定是少根筋。

他跟叔叔很像，都是令人感到有點遺憾的人。我從明天開始，要用什麼表情面對他啊？

老哥知道我是妹妹之後，是不是很沮喪啊？

他從明天開始會對我有所顧慮嗎？

我不想要這樣。我想跟老哥維持現在的相處模式啊……

不對，我想繼續拉近跟老哥的距離……

第6話「其實有一個天大的誤會，但我現在知道了……」

Jitsuha imouto deshita.

——有時候天大的誤會也會名留青史。

例如一四九二年，哥倫布發現新大陸。

他原本順著西方航路前往印度，結果卻發現新大陸。

但當他看到當地原住民，不只誤以為自己抵達印度，還一輩子把美洲大陸當成亞洲，就這樣去世。

遠離亞洲的美國佛羅里達半島上，之所以有「西印度群島」，就是因為這樣。

又或者是一九八九年，柏林圍牆倒塌。

東德政府的夏波夫斯基在記者會上宣布「允許東德國民合法出國」。

當時記者問他：「何時執行？」他回答：「就是現在！」

但其實他根本沒出席決定此事的會議，不小心提前說出解禁前的內容，做出不同於政府政策的發言。

結果導致看到新聞的民眾蜂擁至檢查哨。

原本一夜之間建造好的「恥辱之牆」，因為一個男人的誤會，瞬間遭到突破，一下子就倒塌了。

這起事件又稱作「史上最美麗的誤會」。

至於會留在我歷史中的誤會……就是昨天察覺的「弟妹誤會」。

從見到晶到昨天為止，我都誤以為妹妹是弟弟。

我沒臉見她了。

如果可以！我希望能更早！迅速且正確地！知道這件事實啊！

——隔天早上，我在客廳把這件事告訴老爸和美由貴阿姨。

「其實我歷史不太好，聽不太懂耶。我國中的時候，社會成績好像是2……」

「我的歷史也不好耶。哥倫布先生的名字裡有個『破布』，我覺得他好可憐，還有夏波恩斯基先生喜歡夏天嗎？還是喜歡搭飛機（註：此為日文諧音哏）？」

他們卻聽不懂我說的話，甚至到了令人悲哀的程度。追根究柢，我根本不該在解釋的時

候提及歷史。

「那不重要！重要的是晶，是晶啊！你們為什麼不明確告訴我，她是妹妹啊！還有，他不叫夏波恩斯基，是夏波夫斯基！」

我知道我純粹是在遷怒。但我無法控制隨後接踵而來、無處發洩的怒火和後悔。

「總之我一直以為晶是弟弟，才那樣對她⋯⋯」

事到如今後悔也來不及了，但我到今天為止，已經仗著她是弟弟做了許多蠢事。

不對，現在我不重要，重要的是晶——

『——晶大人您不是弟弟，而是妹妹嗎⋯⋯？』

——在正常的情況下，有哪個笨蛋會在過了三個星期後，才問這種問題啊？

聽到人家把自己誤會成弟弟，一個女孩子一定會大受打擊。

晶雖然已經不再追究，但她果然很難過吧。

啊啊——我怎麼會誤會，怎麼會隨口說出那種話啊⋯⋯

「我只是擔心自己是不是傷害到她了⋯⋯我問過她了，問她是不是妹妹⋯⋯」

「唉呀唉呀⋯⋯我一直以為太一跟你說過⋯⋯」

「涼太，你真的很天兵耶……」

「你最沒資格跟我講這種話！還有，不要用那種可憐兮兮的眼神看我！」

「唉呀唉呀，遲鈍的兒子！」

「唔姆姆姆姆……」

「好了、好了，你們冷靜一點。」

美由貴阿姨苦笑著說：

「你一樣還是晶的『哥哥』呀。我最近看著你們，覺得你應該不用這麼介意吧？」

我倒覺得我非常需要介意。雖然我沒辦法明說，就各方面來說……

「對了，涼太。你是怎麼知道晶是女孩子的呀？」

「唔咕……！」

「對啊，涼太。你怎麼知道的？」

「唔唔……」

「涼太，快說嘛。」

「涼太，快說吧。」

被兩個笑容詭譎的大人逼問，我的腦袋已經不堪負荷。

我這段時間確實幹了不少好事，但我有辦法現在當場詳細說出昨天發生的事嗎？

當我有一天說出我跟晶一起洗澡，結果發現晶有胸部，我肯定會立刻被逐出家門……就算撕爛我的嘴，我也說不出口。

正當我找不到好藉口可以搪塞時——

「——你們三個人聚在一起，在說些什麼啊？」

晶從客廳外探出一顆頭。

「晶！」

「我們……呃……涼太在跟我們說歷史事件啦，嗯……」

老爸，這個幫腔幫得好——

「對對對，就是所謂的『黑歷史』？」

——美由貴阿姨！

「我、我只說了哥倫布發現新大陸和柏林圍牆倒塌的事情啦！」

「啥？雖然我聽不太懂啦，不過——老哥，你可以來一下嗎？」

晶說完抓住我的手，但我連這點小動作都會為之一顫。之前明明都不會在意的。

「咦？我？」

「我有事想到樓上跟你說……」

「咦？啊……嗯……」

於是我跟著晶離開了客廳。

離開之際，我和雙親四目相對。美由貴阿姨悄悄釋出「加油」的訊息，老爸則以謾罵「笨蛋」的表情看著我……老爸，你給我記住。

話說回來，晶會在這個時間點把我叫走，一定是要談昨天的事吧……

＊＊＊

我和晶來到二樓，然後直接走進我的房間。

晶坐在我的床上，我則坐在書桌前的椅子上。

這是我們昨晚洗完澡後第一次見面，明明是在自己的房裡，卻覺得很不自在。

「晶，妳想說什麼？難道是——」

「你把昨天洗澡的事跟他們說了嗎？」

「咦？」

「你說了嗎！」

晶的臉頰刷紅，以懷疑的眼神看著我。

「洗澡的事我沒說……我說了我事到如今才知道妳是妹妹……」

「……還有呢？」

「然後……我說我可能傷到妳，所以問他們該怎麼辦。」

經過一段短暫的沉默後，晶吐出大大的一口氣。

「太好了……」

「咦？」

「老哥，我昨天也說過了，洗澡那件事絕對不能說！知道嗎？」

「啊……嗯……」

「還有關於你擔心的事，我其實沒那麼介意。」

「咦？可是我一直誤會妳是弟弟耶？」

「這件事沒差啊。」

「沒差嗎？」

「反正我之前也看到你的裸體了……算是扯平了吧？」

「唔……！」

我倒覺得這樣不算扯平……

「我也——不對，因為我的說話方式和服裝打扮一點都不像個女孩子，你才會誤會。而且洗澡那件事，我也同意了，所以……」

「妳、妳沒有錯！都跟妳生活了三個星期，我卻沒發現，是我比較奇怪……」

「的確是這樣。老哥該說有點怪嗎，應該說異於常人。」

雖然晶無奈地笑了笑，她的話中並沒有挖苦的意思。

那讓我整個人放下心來。

我吐出安心的氣息，感覺到罩在心頭上的霧靄正逐漸散去。

「但我還是覺得很抱歉，晶……我不覺得這段時間發生的事能一筆勾銷，不過如果有我做得到的事，我希望妳都能說出來。」

「……既然這樣，可以拜託你保持原樣嗎？」

「什麼保持原樣？」

「就是一起打電動、互相借漫畫來看、去買東西什麼的……就像對待弟弟那樣。」

「那、那當然。如果這樣妳就能接受……」

「還有，我希望你不要因為我是女生，就對我生疏。我喜歡以前那樣。」

「像以前那樣？」

「就像現在，老哥在刻意跟我保持距離吧？如果是平常，你就會坐得更靠近我。」

「這……——」

我一時說不出話來。

就算現在這個時代再怎麼不講究性別，也不能否定對待別人的方式，會因為有沒有意識到對方性別，而產生差異。

有些人認為理所當然就是一種下意識的偏見，但我無法達成晶的期望，往後我一定會下意識把她當成一名女性對待。

簡單來說，就是我會產生顧慮。我也必須有所顧慮。

舉例來說，我會保持一定的距離，也不會突然跟她打鬧。大概是這種感覺。

「——我覺得很難再跟以前一樣。就是……就算妳是妹妹，一樣是個女生，我會不由得在意這點……」

「不然——」

晶不知為何，頂著有些紅潤的臉頰，咧嘴笑道：

「——只要比現在這個距離還近，你就不會意識到我的性別吧？」

「現在這個距離……？什麼意思？」

「現在這個距離不遠也不近，所以你才會覺得我是女孩子，跟我保持距離對吧？」

「不，可是就算這樣……」

「老哥，你昨天不是說過嗎——」

『——我還想繼續縮短跟你相處的距離……』

「難道那個不是真心話嗎？」

「唔咕……」

我只能發出呻吟聲。

我沒想到那句話到了現在，會變成一枚特大迴力鏢飛回來……

「……不，那是真心話。」

「你還說我可以再隨性一點，難道只限定弟弟可以嗎？」

「不，不是。」

「既然這樣，就算我是妹妹，也可以不必太防著老哥吧？」

「是、是啊……」

不行了。我以前說過的話，現在全扎在我身上。

我以前到底丟了多大的特大迴力鏢出去啊……

「那你要好好把我當妹妹看待啊。雖然看起來可能像弟弟啦。」

晶說著，調皮地笑了。

而我竟然因為那張笑容漲紅了臉，心跳也逐漸加速。

這樣是不是很不妙啊？

我越是把晶當成妹妹、女孩子，她看起來就越是可愛。

要是繼續拉近彼此的距離，我不禁覺得我們之間的關係會往不一樣的方向沉淪。

但我希望只是杞人憂天……

「老哥，你為什麼滿臉通紅？」

「沒、沒有啊……」

「難道你心想我是個女孩子，所以在害羞？」

「我沒有……」

「真心話呢？」

「麻煩妳再手下留情一點……」

晶看我露出沒出息的表情，忍不住哈哈大笑。

「既然這樣，我要讓老哥更習慣我這個妹妹！」

「啥？習慣？」

「老哥，你來這裡。」

晶拍了拍床，要我坐到她的旁邊。

我在猶豫之中，從椅子站起來。

然後照著她說的坐在她的左側，床鋪頓時發出嘎吱聲響往下沉。

我覺得非常不自在。不知道她想做什麼？

「晶——」

「看我的！」

「唔哇！等——」

我突然被推倒。

晶順勢坐上我的腹部。床鋪因為這股力道，發出激烈嘎吱聲。

「嘿嘿嘿嘿～」

「妳、妳在幹嘛啊，晶？」

「老哥，怎樣啊？害羞嗎？」

「妳、妳不要捉弄我了……」

「我才沒有捉弄你。這是訓練。」

我開始擔心在一樓的父母會不會聽見床鋪的嘎吱聲響。要是被看到現在這副模樣，肯定糟透了。幸好我並未聽見他們上樓的聲音。

我在害羞之下，把臉轉向牆壁，卻無法忽略壓在肚子上的重量。當晶的體溫微微傳來，一股無法言喻的羞恥也跟著席捲而來。

「……晶，妳要幹嘛啊？」

「我說啦，這是訓練。我要讓老哥習慣，就算做這種事，也不會害羞。」

「什麼訓練……」

「嘿咻——」

接著晶開始脫下平常那身寬鬆的衣服。

「為什麼要脫衣服！」

「噓——！你這麼大聲，在樓下的媽媽他們會發現喔。」

我看到晶的小腹了。

跟我想像中有著贅肉的肚子相去甚遠，是既白皙又纖細的腰身。

晶脫完上衣，輕輕把衣服放在地上，以穿著小可愛的模樣俯視我。

從正面可以看到嬌小的肩膀之間，有著代表女性的身體特徵，在在證明晶是個女人。

當我看到那對能一手掌握的雙峰，昨天在浴室感受到的觸感又在背上復甦。

這樣不行。真的不行……

「唔……妳、妳幹嘛脫衣服啊……」

「哪有為什麼？因為很熱啊。」

「就算是這樣……」

「昨天只有一條毛巾，相較之下已經很好了吧？」

「不對，不是這個問題！」

「老哥之前不也這麼對我嗎？」

「難道妳是說我們第一次玩《終武2》的時候嗎？」

不對，我才沒這麼強勢地把人推倒。而且也沒脫衣服。

「那個真的是不可抗力……」

「可是你當時壞心眼地這麼說了吧——」

『——你長得果然很好看耶。』

「——這樣。」

「唔——————！」

我再度想起當時的事，差點窒息。

「想起來了嗎——然後你還若無其事地這麼做了吧？」

「咦……？」

「老哥，你閉上眼睛嘛。」

「晶，妳該不會要……」

「好了，別說了，快點……——」

晶伸出雙手捧著我的臉頰。我放棄掙扎，閉上眼睛。然後——

「——唔咕！」

——晶的雙手夾住我的臉頰。

這個報復跟我想得一樣。我的臉夾在晶的雙手之間，成了夾心餅乾——就跟我當時做的事一樣。

晶就這麼目不轉睛地俯視我的怪臉。

「嗯～……跟我想得不太一樣耶……」

她感到有些失望。

一張怪臉就算變得更怪，效果也不會因此加倍。

以這層意義來說，我也感到有些遺憾，另一方面卻又鬆了一口氣。

畢竟直到途中，我一直想像著她會做出更不一樣的舉動。

「……應，壞沉嗨火（晶，快放開我）。」

晶放開我的臉後，靜靜地離開我的身體，盤腿坐在床上。

「怎麼樣啊？」

「就算妳這麼問——總覺得心情很複雜……」

我一邊起身，一邊這麼回答。

這就是所謂的「丈二金剛，摸不著頭緒」嗎？發生了這麼多事，我已經見怪不怪了。

此時晶由下往上看著我。

「……我那個時候以為會被你親。」

「咕噗——————！」

我的心跳原本即將恢復正常，這下又一口氣加速了。

「妳為什麼要現在提起啦！」

「因為當時的狀況不就是這樣嗎？你誇我長得好看，然後叫我閉上眼睛。老哥該不會是個超級大男人吧？」

「唔——！我、我雖然說過那種話，可是我沒有打著那種主意！」

沒錯，我打從一開始就沒有那個意思，只是想捉弄捉弄她。

因為我誤會她是弟弟，才有辦法那麼做——奇怪？

先等一下。

晶當時應該沒料到我會做什麼。

那麼她當時為什麼會閉上眼睛？

為什麼她當時沒有繼續抵抗？

為什麼要把嘴唇往上提……

該不會——不，這一定是我想太多了……

「老哥，我在你眼裡很漂亮嗎？」

「唔……那個……嗯，就算不是我，也會覺得妳很漂亮……」

「那你呢？」

「我都說了，就是——」

我和晶四目相交。

我還以為她會是剛才那副調皮的表情，沒想到她以溼潤的雙眸看著我。

臉頰紅潤，同時又蘊含某種哀傷的表情，簡直就像極了一個女孩子。不對，她就是個女孩子。

這就是所謂的「主觀輪廓」嗎？

自從我知道晶是女孩子後，就只覺得她是個女孩子。過往的一切完全就像一幅利用錯視效果製成的畫作。

晶還在等我開口。即使我想打馬虎眼，晶那對認真的眼眸卻逼著我說出真心話。

「——很……亮……」

「咦？你剛才說什麼？」

「我說很漂亮啦……」

我背對著晶說道，晶也心滿意足地說了一句「這樣啊」。

「話說回來，妳不是說過，就算我誇妳，妳也不會開心嗎……？」

「不會啊，我很開心。其實我那時候是很開心的喔……」

這不行。真的不行。

話題正朝著非常不妙的方向前進。

兄妹之間的感情再怎麼好，也不能醞釀出這種氣氛——

「——事情就是這樣，嘿咻！」

這次她從背後抱住我。

「哦哇！晶，妳在幹嘛啊！」

「老哥，揹我～！」

「為什麼！」

「就說是訓練嘛。只要像這樣黏在一起，一定很快就會習慣吧？」

「可是這種事，應該按部就班慢慢來啊——！」

「你自己明明就狂跳步驟，事到如今說這什麼話啊？」

——之後我可說是傷透了腦筋，幸好最後傳來美由貴阿姨的一聲「午餐煮好了喔」，我這才得救。

比起我們之間關係交惡，現況確實好很多，只不過以狀況來說，卻非常糟糕。

我們之間確實產生了新的問題。

今後我會把晶當成妹妹對待。

但我不知道能不能撐過晶的「訓練」……

過去我不斷投擲特大號的迴力鏢，現在它們全部回到我身上。要是一口氣反撲……在養成習慣之前，難保我的理性不會崩毀。

「啊啊啊啊啊————……」

這天晚上，我把自己蓋在被子下，不斷扭動身體。
一想到晶就睡在隔壁房間，我今晚八成睡不著了……

8 AUGUST

8月12日 (四)

今天我跟老哥談過了。

老哥果然很介意。

老哥覺得既然我不是弟弟，而是妹妹，就很難再跟以前一樣。

我覺得老哥開始跟我保持距離了。我有點難過……

如果可以，我希望他像以前一樣，用對待弟弟的態度對待我。

不過我也希望他把我當成一個女孩子……

我該怎麼做才是對的呢？

老哥很在意我是個女孩子。

我也把老哥當成男孩子看待。

討厭，老哥。你太狡猾了。

你明明說過，很高興我對你敞開心房。

你明明說想縮短跟我的距離，現在卻突然用這種態度，太狡猾了……

老哥，不要躲我……

你是第一個讓我有這種感覺的人……

第7話 「其實繼妹（妹妹）穿著制服回到家了……」

Jitsuha imouto deshita.

自從知道晶是妹妹之後，時間過了一個星期。
這段期間我總是睡不著，持續著晚上躺上床後，在太陽升起前不久才會睡著的生活。
而這一切的原因，就是晶。
比方說，當我一個人躺在床上看漫畫的時候——
「老哥，我也可以在這裡看漫畫嗎？」
晶就會來到我的房間。
我沒有拒絕的理由，而且這裡明明是我的房間，我離開也顯得很奇怪。
所以我們一起待在房間裡，可是當我趴在床上——
「飛撲！」
「唔呃！我、我的脊椎……」
晶大多會像這樣，直接給我一記縱身飛撲。

然後緊緊黏在我的背上，實在是非常尷尬。

「啊哈哈哈，老哥太大意了！話說你在看什麼～？」

「晶，妳可以下去嗎？」

「啊～……軟硬度和大小都剛剛好～……正好適合我～……」

「是、是喔？如果妳確認好了，可以下來嗎？」

「呼啊啊～……好暖和，總覺得好睏……」

「不准睡喔。」

「感覺好像爸爸的背……」

「你說誰是爸爸啊？」

「呼嚕……呼嚕……」

「不要睡啦……」

如果是弟弟，這種天真無邪的感覺還可以接受，但如果是妹妹——是女孩子的話，就另當別論了。全身上下都軟綿綿的，氣味又很香，讓人不知所措。

總而言之，在房間會變成兩人獨處的空間，我現在知道這樣很危險了。

於是我開始會在客廳度過——

「老哥，來玩《終武2》吧～」

「好、好……」

什麼嘛，要打電動啊？就在我因此放心之後……——

「我又贏了！連勝紀錄更新～！」

「哦啊！」

——突然抱住我。

我完全搞不懂為什麼要抱輸的人。

『——我不會委身下嫁比自己還弱的人。想要我，就來打敗我。』

「唔咕……」

現在連中澤琴的經典臺詞都讓我覺得難受。

「可惡……再來一次，再來！」

「反正下一場也是我贏啦～」

這一個星期都是這種感覺，晶總會找機會纏著我。而且還會跟我有肢體接觸。這根本不是距離近不近的問題了。

雖然我表現得跟平常一樣，心裡卻始終七上八下。

至於在客廳親眼目睹這幅光景的美由貴阿姨——

「哎呀哎呀，你們的感情已經這麼好啦～」

她把事情想得非常簡單。

拜託，這可不是感情好就能說得過去的問題。

以前的確可以這樣。因為我以為晶是弟弟，不會想太多。

但在我知道她是妹妹之後，我已經不可能不把她當成一個異性，實在很煩惱該怎麼處理這個敏感的問題。

美由貴阿姨又是那個調調，就算去找老爸商量，我想他也不會給我多正經的回答。

因此我打電話給有妹妹的哥哥前輩求救——

「喂，光惺。我弟其實是妹妹耶——」

『莫名其妙。你要是眼睛不好，就去看醫生。假如腦袋不好，就去學校。我很忙，不跟你說了——』

結果一瞬間就掛我電話。

光惺最近開始做的打工好像很忙，這幾天打給他都沒接。好不容易接了，卻是這種態度。連我自己都不懂，怎麼會跟他有這麼長的交情？

其實我也可以傳ＬＩＭＥ訊息，但他肯定會像平常那樣，叫我去跟陽向商量，然後就不管了。

像這種敏感的問題，我怎麼可能敢跟陽向商量。

要是我跟陽向說：「其實繼母的小孩不是弟弟，而是妹妹。」她會有什麼反應呢……她大概會很傻眼吧。

總而言之。

就像有句話是這麼說的——在意就輸了。我只能努力不去在意。

話說回來，這個「訓練」會像晶所說的，一直持續到我習慣為止嗎？

一旦開始煩惱這件事，我就連晚上都睡不著了。

＊＊＊

八月二十日。

我這天也在中午左右醒來，然後來到客廳，但是晶和美由貴阿姨都出門不在。

餐桌上留有字條，寫著「我們兩個人出門一下」。

老爸也因為工作，早上不在家。

我姑且先幫腔，但美由貴阿姨看起來還是不太能接受。

＊＊＊

一會兒後，晶說她要去換衣服，因此上了二樓，客廳就剩下我和美由貴阿姨。

「話說回來，我沒想到晶會穿著我們學校的制服回來。」

「她試穿之後似乎覺得很喜歡，說很可愛，要直接穿回來……」

或許是因為我已經習慣平常的晶了，聽到她對可愛的東西有興趣，不禁覺得很意外。

「不過我們學校的制服的確很多人都說可愛，晶也喜歡上了吧。」

「可是啊……」

「怎麼了嗎？」

「剛才回家的路上，周遭男性的目光讓人不太舒服……」

因為晶很可愛，這也沒辦法。一穿上制服，一定更引人注目。

不過美由貴阿姨，妳也是原因之一喔——我打從心底想這麼說。

今天美由貴阿姨穿的衣服完全是外出用，是一身強調身體曲線的連身裙。美由貴阿姨本來就長得美，身材也是好得沒話說，穿上這種衣服，破壞力自然非比尋常。

不知道她用這身煽情的打扮，一路攪亂多少男人的心回來。

而且她還毫無自覺，實在很惡質。

這種破壞力滿分的母親和穿著制服的超級美少女走在街上，會發生什麼事呢？

我想自然免不了被路上的男性們盯著看。

「那孩子會不會被怪人搭訕啊？國中時也發生過好幾次。」

「我這段時間會跟她一起上下學，妳放心吧。」

「有你在，我就放心多了。我還聽說最近這附近有可疑人士出沒……」

「要是有可疑人士，我會打跑他啦。不過按照晶的個性，就算不跟我一起走，應該也沒問題吧？」

「也不見得啊……」

「咦？」

「別看她那樣，她其實很怕生，到了學校就會變成一個乖乖牌。因為戒心也很強，一有陌生人跟她說話，她的態度就會很差……」

「是這樣嗎？」

我第一次遇見晶那一天，確實一開口叫她，就擺出厭惡的態度沒錯。

不過令我意外的是，晶在學校的作風。

「唔……這個……妳問我也……」

反正不是我造成的……對吧？

＊＊＊

接著，當天晚上。

我必須開始處理囤積至今的暑假作業，所以一個人待在房間裡振筆疾書。

暑假放到八月二十四日。今天是二十日，等於暑假還有幾天就結束了。

仔細想想，今年暑假一下子就過去了。

晶母女搬進這個家、和晶一起懶散度日、得知晶是妹妹……——還是別在用功的時候想這些吧。因為會占用我大半的思緒。

這時候，晶隨著敲門聲走進來。

「老哥，你在念書嗎？」

「對。怎麼了？」

「我幫你拿了零食跟飲料過來。」

「這樣啊。謝謝妳。放在那裡吧。」

晶把托盤放在茶几上，然後從書架拿出漫畫，開始喀喀喀地吃起零食。
「那個……晶小姐？」
「嘶嘶嘶……——幹嘛？」
「妳為什麼開吃、開喝了？」
「因為我拿來了啊。」
「不是拿來給我吃的喔……」
我完全傻眼。我還以為那是拿來慰勞努力用功的我，結果根本是她要吃的。
「騙你的啦，這些是你的。」
「那就不要自己吃啊！」
「啊哈哈哈，忍不住嘛！」
「什麼叫忍不住，妳喔……」
我暫時停下動筆的手，向零食伸手。
傍晚到現在已經過了一段時間，我的肚子正好有點餓。
「對了，晶。妳暑假作業都寫完了嗎？」
「早就寫完了。」
「嘖……妳這個精打細算的傢伙。」

「是老哥自己不好，不每天都寫一點。」

我們兩個相視而笑。

距離一拉近，我無論如何就是會很在意她，所以像現在這樣的距離剛剛好。

「對了、對了，我穿上胸罩了，怎麼樣？」

晶說著，把右手放在頭上，左手放在腰際，擺出「嗯哼～」的姿勢。

「就算晶小姐您問我怎麼樣……」

「對耶，這樣看不到嘛——」

說著說著，晶突然拉下T恤的領口，打算把裡面秀給我看。

「妳——給我慢著！」

「啊哈哈哈，開個玩笑嘛。」

她說不定是來真的，對心臟實在很不友善。

而且我真的想叫她別再這樣突襲我了……我稍微……看到了一點。

「妳做這種事不會不好意思嗎？」

「嗯～……會是會，但就一點點。因為是給老哥看嗎？」

意思是她已經很適應了嗎？

看來她已經徹底變成一個妹妹，就算大秀身體、跟我討論女性特有的話題也無所謂了。

可是我還沒完全適應啊……

「聽我朋友說，有些人會在家裡穿著內衣走來走去喔。說是家人，所以不在乎。」

「那是別人家。我們家禁止這樣。」

「咦——」

「不准叫。不行就是不行。」

完全不知道我抱著什麼心情。

要是晶哪天穿著內衣走來走去，我就要認真罵人了。

「休息時間結束了。我要繼續寫功課了——」

「了。那我繼續看漫畫。」

「妳回自己房間看啦。」

「不行。如果沒有人監視，你搞不好會偷懶啊。」

「妳以為我是誰？我才不會偷懶。」

「好了、好了，你不要在意我啦～」

說完，晶居然趴在我的床上看起漫畫。

我想說她遲早會回自己的房間，就不管她了，沒想到約莫一個小時後，我聽見身後傳來一道舒適的呼吸聲。

「喂，晶？」

「呼嚕……呼嚕……」

這傢伙真的不知道我抱著什麼心情……

我輕輕替晶蓋上毯子，並把電燈調暗。

當我依靠書桌上檯燈的亮度，繼續動手寫作業時，我的身後傳來一聲小小的呢喃：

「──爸爸，謝謝你……」

我假裝沒聽見她說了什麼。

對晶而言，父親的存在重要到會出現在夢裡吧。

等我注意到時已經是早上，我趴在書桌上睡著了。

我醒來已經不見晶的身影，而我的背上蓋著原本我替晶蓋上的毯子。

8 AUGUST

8月21日（六）

昨天我跟媽媽一起去拿制服，回程去了一趟內衣專賣店。

學校制服非常可愛！我本來很擔心穿在自己身上好不好看，不過看老哥一臉害羞地說「好看」，我也有了信心。

後來媽媽教我怎麼穿內衣，好久沒穿，覺得好不自在。

女孩子真的很麻煩。

要特地穿著這麼不自在的東西外出，感覺會難受到變瘦……

老哥看起來好像不怎麼介意，但實際上是怎麼想的呢？

有稍微把我當成一個女孩子了嗎？

我跟媽媽相比，的確是很小，可是也已經比國中時大了。

我希望老哥能再對我感興趣一點。

我之所以想吸引老哥的目光，果然是那麼一回事嗎……

第8話「其實繼妹跟我要讀同一所高中了……」

Jitsuha imouto deshita.

暑假結束，今天是開學典禮。

我把昨晚緊急趕完的作業塞進書包裡，換上制服。

我好久沒穿制服了，多虧美由貴阿姨幫我拿去送洗，一點皺褶也沒有。我的襯衫原本已經被洗舊，現在似乎也用熨斗燙過，變得跟新衣一樣乾淨，穿起來非常舒服。

現在剛過七點沒多久。

我來到一樓，只見晶已經坐在餐桌前，一邊看著電視新聞，一邊吃早餐。

「老哥，早啊。」

「早安——晶，妳幾點起床的啊？」

「五點多吧？我太緊張，就醒來了……」

「這樣啊。這是妳第一天去學校嘛。都準備好了嗎？」

「嗯——啊，老哥也快吃早餐吧。」

「噢，嗯。對了，美由貴阿姨呢？」

「媽媽說她一早就有拍攝工作，所以先出門了。」

「這樣啊。那我們得好好鎖門了。」

我坐在晶的對面。

桌上擺著沙拉、炒蛋，還有煎香腸。這是美由貴阿姨出門前替我們準備的吧。

我趁著烤吐司的空檔，用快煮壺燒開水，然後把熱水倒在裝有湯粉的碗中和即溶咖啡的杯子裡。很快地，烤成金黃色的吐司就從吐司機中跳起。

「我要開動了。」

以前我在飯前甚至沒有說這句話的習慣，經過這一個月，已經完全定型了。

「啊……感覺好緊張喔……」

「都還沒到學校，就在緊張了嗎？」

「因為這是我第一次轉學嘛。一開始還要在大家面前自我介紹……」

「啊哈哈哈，那是慣例嘛。好啦，記得照練習說得那樣，至少自我介紹和打招呼的時候要面帶微笑喔。」

我特地強調「面帶微笑」的部分。

晶個性怕生，所以美由貴阿姨擔心她無法順利融入轉學後的學校。

晶好像也很擔心，大概從前天開始就坐立難安，靜不太下來。

昨天我已經陪她練習過轉學第一天該怎麼打招呼了，接下來就看她的了。

我對她說了聲「加油」，卻換回一聲不太可靠的「嗯」。

身為哥哥，我有點擔心。

要是發生什麼事——不對，祈禱什麼事都不會發生吧。

＊＊＊

早餐整理完畢後，我和晶一起關窗鎖門，然後離開家中。

我和晶聊著不著邊際的話題，往車站前進。

從家裡走路到有栖南車站要五分鐘。從車站搭電車約十分鐘後，就會來到結城學園前車站。從那裡再走五分鐘，就會抵達結城學園。

從我們來到有栖南車站的月臺開始，晶就突然變安靜。

我困惑地觀察她，這才知道是因為她看到穿著同樣制服的人了。她坐立難安地不斷偷瞄那些人。

看樣子現在已經進入「乖乖牌」模式了。

或許是因為緊張和不安，晶從剛才開始就抓著我的衣袖不放。

她現在已經不是大剌剌趁著打電動時，順勢叫一聲「老哥」就抱住我的活潑妹妹，而是清純、莊重、怕羞的女孩子。

我這樣可能太輕率了，但看到她這副模樣，我感覺到自己正在心跳加速。

我走進到站的電車，站在晶的身旁。

當電車過了一站，晶的頭突然輕輕撞上我的胸膛。然後——

「呼……沒問題，照練習說得就好，照練習那樣……」

我聽到晶輕聲嘟囔著。

她就這樣把頭放在我的胸膛上，緩解心中的緊張。

「晶，妳還好嗎？」

「嗯，我沒事。只要保持這樣……」

每當電車搖晃，晶的頭就會輕輕撞上我的胸膛。總覺得胸口癢癢的。

「妳真的沒事？」

「嗯。所以再維持這樣一下下……我在充電……」

「我是妳的充電器喔？」

「嗯……因為只要老哥陪著我，就會給我滿滿的活力……」

在外人看來，我們像是什麼關係呢？

我在害羞之下，挪動視線看著車廂廣告。

不禁有些擔心我的心跳聲會不會被她聽見。

當我們走到結成學園前車站的驗票閘門，晶總算放手了。

隨著我們離學校越來越近，上學的學生也一口氣增加。

「老哥，你走太快了……」

「噢，抱歉……」

晶腳上穿的鞋子不是平常的運動鞋，而是樂福鞋。是兩天前她和美由貴阿姨去購物廣場買來的。

「樂福鞋好難走……」

「只能慢慢習慣了。雖然習慣之前會很頭痛，習慣之後就沒什麼了。」

「就像我黏著你，讓你習慣我一樣？」

「走出家門就不要提這件事了……」

而且我也還沒習慣。

「腳踝開始有點痛了……」

「快到了，妳忍一下。」

「嗯，我努力……」

「對了，妳為什麼要穿樂福鞋啊？穿運動鞋也沒差啊。」

「因為這身制服配樂福鞋絕對好看啊……」

經她這麼一說，走在周圍的女學生確實沒幾個人穿運動鞋。

「也是啦……妳穿起來很好看喔。」

「真的嗎？」

「真的。」

就算再重新看一次，我還是覺得晶穿這身制服很好看。

換一件衣服就能變這麼多，很讓人驚訝，但跟這麼可愛的妹妹並肩走在一起，我對自己也很驚訝。

光惺跟陽向走在一起的時候，也是這種感覺嗎？

正當我這麼想時，我看見道路前方有一對熟悉的金髮男和馬尾少女錯開些許距離走著。

「哦，發現認識的人了。」

「咦？」

「就是我之前跟妳提過的，幫妳整理房間的人啊。」

「就是他們？」

「對。去打個招呼吧？」

晶點了點頭允諾。

只不過還是緊黏在我的身後不放。她一定很緊張吧。

「光惺，陽向，你們早。」

我從後頭輕聲問早。

「嗯？涼……太——」

「涼太學……長——」

當上田兄妹回頭看到我的瞬間，便雙雙定格不動。

正確來說，是看到躲在我背後的晶，才會定格吧。

「啊哈哈哈……感覺好久不見了。」

「噢、噢……」

「呃……對啊……」

總覺得好尷尬。

陽向的表情似乎有點鬱悶，光惺也很怪，表現出前所未有的尷尬。

「對了，我來介紹一下。來，晶。」

「我是姬野晶……」

晶低下頭鞠躬。

——我稍微補充一下。

「姬野」是晶在戶籍上的姓氏。

至於美由貴阿姨，她跟老爸再婚之後，已經遷入老爸的戶籍。換句話說，她已經是「真嶋美由貴」了。

但只有晶還在親生父親的戶籍之下。

我一直以為再婚之後，孩子的戶籍就會跟著父母更改，看樣子事情沒有這麼簡單。我也是前幾天才知道這件事，並未過問詳情。

只不過，聽說當初晶一聽到可能會改姓「真嶋」，便決定自我介紹時，要照舊說自己姓「姬野」。

老爸他們也沒聽說箇中理由，只聽晶說「要維持原狀」。我想這一定跟她喜歡自己的親生父親有某種關聯吧。

關於這點，我也沒有深究。

話說回來，「姬野晶」啊……

大概是姓氏裡有個「姬」字，使得女孩子的氣息瞬間增加。

「哦~……這位是姬野同學啊。」

陽向以不自然的態度輪流看著我和晶。

「這位是上田光惺。明明長得很帥，卻是個非常抱歉的傢伙——」

「喂。」

「——這位是陽向。是光惺的妹妹，跟妳一樣是高一。」

「你、你們好……」

晶尷尬地低頭問好。

「那個……所以姬野同學跟涼太學長是什麼關係呢？」

「啊，對喔！是我妹啦。就是我之前跟你們提過的，老爸再婚對象的小孩。」

上田兄妹聽完，不禁面面相覷。

「咦！不是弟弟嗎！」

「啊哈哈……其實不是弟弟，是妹妹……」

「「……………啥？」」

光惺和陽向訝異到眼睛縮成了一個小點。

＊＊＊

我隱瞞了洗澡那件事，在結城學園的校門口前，跟上田兄妹大略解釋了來龍去脈。

「——原來如此。你果然是個白痴耶。」

結果被光惺這麼數落。

「什麼嘛，原來是妹妹呀！」

陽向則是迅速接受……幸好她沒有傻眼。

在解釋期間，晶始終沒有開口，只是輪流看著我們，看起來很不自在。

「妳也很衰耶。居然要跟這種白痴一起生活。」

「喂，你沒資格說我。你這個廢渣哥哥。」

雖然我稍微吐槽光惺，其實他的感想正中靶心，讓我覺得很不甘。

晶在一旁，表情顯得很複雜。感覺好像有什麼話想說。

「晶，怎麼了？」

「老哥，時間……」

「咦？在典禮開始前，還有一段時間啊。」

「不是啦，我得去教職員辦公室，所以……」

這樣啊。印象中她有說過要去教職員辦公室嗎？

「啊，這樣的話，我可以帶妳去辦公室喔。」

陽向笑著對晶這麼說，晶卻有些不知所措。

這或許是一個跟同年級女生交好的機會。

「晶，妳就跟著陽向去吧。」

「咦……」

「陽向，可以拜託妳嗎？」

「好——啊，再次請妳多指教了。呃……我可以叫妳小晶嗎？」

「晶就好……加個『小』字我有點……」

「好！請多指教，晶。」

「嗯。」

兩位美少女邁向友好的第一步了。

但兩個美少女走在一起，變得更加醒目，周遭的學生都看著她們，好像在說些什麼。男生們個個滿臉猥瑣；女生們看到也能以美少年形容的晶，都興奮地問：「她是誰？」

我看著她們走向川堂的鞋櫃，和光惺從後頭緩緩跟上。

「話說回來，你真的以為那女生是弟弟，就這樣過了三個星期？」

「是啊……」

「我之前就覺得你是個遲鈍的傢伙，沒想到卻遲鈍成這樣……」

「唔……」

「那你是怎麼發現人家是妹妹的？」

就算對方是光惺，我還是不敢說出洗澡那件事。

「就、就碰巧啦——所以我才會打電話給你，問你該怎麼對待妹妹啊——」

「原來那通電話是這個意思啊？我還以為天氣太熱，把你的腦袋烤熟了。」

「受不了，真是個不值得結交的朋友……」

「但不管怎樣，我都打算丟給陽向處理就是了。」

「你就是這樣，我才不敢找你商量啦。」

光惺原本一臉受夠的表情，但很快又變回平常的臭臉了。

「那你妹……是叫做晶嗎？她在家也是那樣？」

「不是，她在家意外地——」

我簡單向光惺說晶在家裡是什麼樣子後，光惺感觸良多地說了聲：「原來如此。」

「——反正陽向會陪著她，應該沒問題啦。」

「關於這點，我真的很謝謝她……幸好早上就遇到你們。」

說著說著，走在我身旁的光惺，在進入川堂之前停下腳步。

「不過你妹還真可愛耶。」

「你從不誇獎人，沒想到現在居然誇獎晶。你該不會是——」

「不是好不好。我只是在想，你會不會對她有意思。」

「……別說傻話了。晶只是妹妹。」

「那就好。不過涼太，你沒忘記『孟德爾定律』吧？」

「我沒忘……」

光惺和我的交情從國中開始，是唯一知道我祕密的人。

孟德爾定律毫無親情可言——他也知道這句話真正的意思。

所以我明白光惺想說什麼。他想說，要是我和晶之間有什麼，老爸他們會很傷心。

但他這是多餘的操心。

我和「那個女人」不一樣。

一個人的性質不會受遺傳左右，所以我絕對不會讓家人陷入不幸當中。

「……是我不好，不該提起這件事。你別露出這麼可怕的表情。」

「不會，你是在擔心我吧？謝謝你。」

我說完，光惺伸出手臂，搭到我的肩上。

「先不提這個了，你是不是忘記什麼了？」

「咦？我忘了什麼？」

光惺聽到我的回答，直瞪著我。

「……吃飯啦，吃飯。我們幫你打掃房間的時候，你不是說下次要請客嗎？」

「對耶，我都忘了……」

我完全拋諸腦後了。反而是光惺記得這件事，讓我感到很訝異。

「我打工會忙好一陣子，所以你請陽向也好，下次約她吃頓飯吧。」

「不行啦，這樣不太好……」

跟陽向單獨吃飯，實在太尷尬了。

「她整個暑假都在等你跟她聯絡耶。」

「你說陽向？不會吧？」

「真的啦——所以你別整天只顧著妹妹，也顧一下我妹吧。」

光惺說完便丟下我，逕自往前走。

話說回來，光惺平常不怎麼說話，總覺得今天好健談。

也顧一下我妹吧——是嗎？

我實在沒什麼信心可以照顧那麼精明的女孩子。

不過下次跟晶還有陽向三個人出去吃飯或許也不錯。

＊＊＊

美少女轉學過來的話題很快就傳開了。

午休時，我和光惺吃著便當，正好聽見班上男生在談論：「她好像姓姬野喔。」

「你妹很受歡迎嘛。」

「因為是我妹啊。」

「你這張狂妄的臉有夠煩……——雖然我覺得無所謂啦，但放著不管好嗎？現在男人們搞不好已經把人團團包圍了喔？」

「唉，我確實很在意啦……」

既然消息傳到二年級來了，或許不只一年級，三年級也已經聽說了……我聽說三年級有些學長很難搞……

「既然你會在意，就去看看啊。」

「我不想一個人去！」

「你是女生喔。麻煩死了……」

我快速把便當送進嘴裡，然後硬是拉著不想去的光惺，往上爬一層樓。

上樓後，我們右轉，然後看著走廊前方，只見唯有某間教室前，都是來回走動的人。

「看來就是那裡了。」

「而且好死不死還是陽向他們班喔……」

看樣子晶和陽向同班。

男生們來來去去，都爭著想看一眼美少女轉學生。我和光惺鑽過人潮空隙之間，來到教室前面。

我們往教室裡一看，角落女生圍了一圈人牆，男生則零星坐在四周，盯著靠窗的座位瞧。從這裡看不見人牆的中心。

「絕對在那裡面。」

「對啊。陽向那傢伙好像也被捲進去了。」

我們的料想很快就成真了。有著身高較高的女生移動了一下，我們馬上從人牆的縫隙看到晶和陽向的臉。

晶有些為難地低著頭。我猜是大家狂問問題，讓她不知怎麼應對吧。

而陽向正從旁幫著晶。她真的是個好女孩。

「你妹也受女生歡迎啊？」

「聽說在上一所學校，她被女生告白過。」

印象中她好像還抱怨被女生喜歡比男生還麻煩。

「但看這副模樣，男生應該沒法靠近了。」

「是啊。總之應該沒事了，回教室吧——」

當我們回頭，有個女生注意到光惺。

「啊——陽向，光惺學長來了喔！天哪，學長好帥！」

這時人牆分開，陽向和晶都往我們這裡看。

然後下一秒，晶突然從中衝出來。

她筆直朝我走來，然後抓住我的左手。

「咦？晶？」

「唔……！」

晶以泫然欲泣的眼神仰望著我。

我急忙環伺四周。直到剛才都在喧囂聲中的教室和走廊，瞬間回歸寂靜，每個人都看著站在晶面前的我。

現場氣氛尷尬極了。

「你們好，我是晶的哥哥……」

我硬是擠出笑容並抓了抓頭，但所有人的臉上都浮現問號。

＊＊＊

我帶著晶來到無人的校舍後方，接著便聽見「唉～」的一聲巨大嘆息。

「抱歉，老哥。我……」

「別放在心上啦。」

晶似乎很在意我受到無謂的注目。

惹人注目確實不是很好過。

但一想到晶一直忍著這樣的視線，我就無法責備她。

現在上田兄妹應該在教室幫忙善後，短時間放著不管也無妨吧。

「但跟我料想得一樣呢。」

「什麼一樣？」

「我就知道像妳這樣的美少女轉學過來，不可能不會引人注目。」

「你、你不要捉弄我啦……」

晶露出真的很厭惡的表情，並頻繁搓揉左手臂。

「畢竟消息都傳到我們班了，我就猜妳是不是很困擾——」

「你是來救我的嗎？」

「咦？算、算是吧……」

她用這種說法，總覺得好像哪裡怪怪的。

以結果來說，我確實救了她，但硬要說的話，用「擔心」形容比較正確。

不過換個說法，代表當時那個狀況對晶而言，已經緊迫到希望別人來救她了。

美少女、個性怕生……這似乎不是一個很好的組合。

如果我現在跟她說：「轉學第一天就是個萬人迷，很棒啊。」聽起來只像在諷刺她吧。

所以我選擇這麼說：

「過一段時間之後，應該就會緩和下來了。不過當妳覺得困擾時，可以來依靠我。」

「老哥……」

「對對對，因為我是妳哥啊。」

我說完，雖然有點躊躇，最後還是把手放在晶的頭上。

以前當我傷心難過的時候，老爸都會像這樣摸我的頭。摸著摸著，不安和煎熬就會不可思議地慢慢消退。對我來說，老爸的手是魔法之手。

先不管老爸有沒有辦法對我施展魔法，我撫摸著晶的頭，她嘴上雖抱怨「很丟臉耶」，卻已經緩緩露出笑容。

話說回來，她的頭髮蓬鬆好摸，讓人很想一直摸下去。

即使我覺得這樣好像有點幼稚，不過晶在我的手抽離前，始終默默讓我撫摸。

「嘿嘿嘿嘿。老哥，謝謝你……」

「有精神了嗎？」

「嗯！」

這時預備鐘正好響起，我們這才回到校舍內。

我看著晶的背影，還是有點擔心，但看她的模樣應該已經沒問題了。

只不過，現在這個狀態或許還會持續一段時間。

雖然我不想以這種形式讓她依靠我，晚一點還是拜託陽向也多照顧照顧晶吧。

＊＊＊

我回到教室時，光惺頂著平時的臭臉坐在位子上。

「你跟你妹放蕩到哪去了？」

「你換個說法行不行……」

光惺看起來有點不悅。

「你們離開之後，陽向遭大殃了。」

「不是你喔？」

「我覺得很麻煩，所以回教室了——然後剛才陽向傳ＬＩＭＥ訊息給我，說大家一直追問你跟你妹的關係，整個追根究柢。」

「唔哇，我對不起她……」

「她已經先告訴大家，你們是兄妹了。」

「感激不盡……我晚點也會跟她道謝。」

「沒差，你妹交給陽向就行了。」

我原本以為他跟平常一樣，要全推給陽向，但似乎也不完全如此。

我隱約能從光惺的話中感覺到他對陽向的信賴。

他雖是個擺臭臉、做事隨便的傢伙，其實個性溫柔，也很重感情。他不會毫無道理就瞧不起人、鄙視別人。所以我和他的關係才會持續到現在。

「話說回來，光惺。你是不是在生氣啊？」

「並沒有……」

「怎麼了嗎？」

「你很煩耶。」

雖然交情很長，我還是搞不太懂這傢伙。

＊　＊　＊

「最近學校周邊有可疑人士出沒。女孩子尤其要小心安全，上學和放學時都要儘量結伴同行——」

班導夾雜說教的冗長班會在打鐘後依舊無限延伸，但最後還是告終，我們總算解脫了。

我和光惺一起離開教室。

我們回家的路到半途都一樣，所以今天約好要和晶、陽向四個人一起走。

晶和陽向應該已經在我們約好的校門口前等待了。

從川堂看得見校門。

只不過，我們看到校門有人聚集，心生不祥的預感，因此急忙趕了過去。

結果不出所料，晶和陽向被三年級的男生們圍住。他們或許就是傳聞中的麻煩學長們。

「把名字告訴我們嘛。啊，要不要加一下聯絡方式？」

「欸欸欸，妳有男朋友嗎～？」

「這邊這個女生也好可愛喔～！」

陽向和晶都一臉為難，不發一語地靠在校門的門柱上。

我在三年級生的背後開口：

「那個……」

「嗯？你幹嘛？二年級的？」

「這兩個人是跟我一起的……」

「哦～……所以呢？」

「學長反問我，我也不知道要怎麼講啊。我要跟她們兩個一起回家，可以讓一下嗎？」

「我聽不懂你嘰嘰喳喳在講什麼啦～」

「話說我們在跟她們說話，你別來礙事行嗎？」

我瞬間氣得血都快衝到頭上了，但在晶和陽向面前，我還是設法讓自己冷靜下來。

就在我思索著該如何是好時——

「喂，三年級的。閃邊啦。」

隨後追上我的光惺壓低嗓音這麼說，同時怒瞪三年級生。

「噫……這傢伙是二年級的上田……」

「喂，快走吧……」

三年級生看到光惺，全嚇得發抖，逃也似的跑了。

「……真是的，陽向。我平常不是說了嗎？要是那種傢伙跑來搭訕，就把人趕跑啊。」

「可、可是他們是學長，很可怕啊……」

「那種貨色不用怕啦。」

晶好像也很害怕，她的眼裡噙著淚水，來到我身邊抓住制服的左袖。

「老哥……」

「很可怕嗎？」

「嗯……」

「已經沒事了。」

我像中午那樣，把手放在晶的頭上。

她大概是鬆了一口氣，露出依賴的表情。感覺她下一秒就會抱住我，但她再怎麼大膽，似乎也沒有在外面抱人的勇氣。

「好了，我們回家吧──」

我說著，並看向上田兄妹。只見光惺皺眉，陽向緊鎖著雙唇。

「你們怎麼了？」

「「沒事……」」

他們兩人的聲音重疊，時機精準到令人害怕。

這該說果不其然嗎？這對兄妹的感情說不定很好。

之後我們隨口聊天，走在回家的路上。

晶一句話都沒說，只是拉著我的袖子走路。

光惺還是那張臭臉，倒是連陽向也沒有平時健談，讓我有些掛心。

8 AUGUST

8月25日（三）

今天是第二學期的開學典禮。我太緊張了，所以起得很早。

當我在車站月臺看到穿著同一所學校制服的學生時，突然好緊張。

老哥好像也發現了，只是默默走在我旁邊。

離開車站後，我們遇見老哥的朋友。

他們是二年級的上田學長，還有他的妹妹陽向。上田學長身高高，長得也帥，可是一頭金髮和耳環讓我有點害怕。我覺得很神奇，不知道他怎麼會跟老哥變成朋友？

陽向的個性很開朗，人又可愛，很有女孩子味，給人一種「這個妹妹很精明」的感覺。

我們馬上加了彼此的聯絡方式，變成了朋友。而且我們同班，我好驚訝！

我跟老哥練習自我介紹也算有價值了，勉強過關！

午休時，當我跟陽向一起吃便當，人就圍了過來。

我覺得自己就像動物園的貓熊一樣，很不舒服。

大家都一個勁地問問題，我根本不知道該怎麼應對。

就在我不知如何是好的時候，老哥來救我了。

放學後也是，當三年級的可怕學長來搭訕時，
老哥完全不怕他們，直接叫住他們。

那時我第一次看見老哥那麼可怕的表情。

跟他平常的氣質不一樣，真的很可怕……

可是在三年級生走掉之後，他輕輕撫摸我的頭。老哥果然很溫柔。

他的手很溫暖、很舒服，會讓我想繼續跟他在一起。

可是老哥之所以對我溫柔，是因為我是妹妹？還是因為我是女孩子？

老哥到底是怎麼看待我的呢？

第9話「其實我保護繼妹(妹妹)了……」

Jitsuha imouto deshita.

第二學期開始後過了一週，時序進入九月份。持續了幾天有點寒冷的日子。

我原以為我會照常跟晶一起軟爛度日，沒想到其實過得很充實。我們打電動、看漫畫都適可而止，還會一起念書。

我覺得這是一個很不得了的變化。

或許也是因為開學了，我和晶在相處的過程中，雙方開始展露各自能幹的優點。

不過軟爛時的晶，還是跟平常一樣，會來找我撒嬌。

「老哥，揹我～」

「好啊。這位客人要上哪兒去？」

「火速前往浴室！」

「收到！」

這點小事還不要緊。我也已經很習慣她這麼鬧我了，最近我漸漸不再抗拒晶黏著我。

「抵達目的地。」

「謝謝老哥。那接下來麻煩幫我刷背！」

「……這件事就別提了，算我拜託妳。」

「啊哈哈哈，那等我洗好就去叫你喔～」

我一開始確實希望晶能更不設防，但最近反倒是我需要防一下了。

即使如此，晶還是頻頻越過我的防線，不斷見縫插針。她就跟打電動一樣，用打帶跑戰術，雖會積極纏著我，卻不會做出超越我容忍範圍的事。

她很有分寸……儘管我不敢這麼說，她確實維持著一個非常絕妙的距離。

不過習慣真是一種可怕的東西。每當我回過神來，晶已經黏在我身上。她與其說是妹妹，更像是家犬，但當然了，我可沒有飼養妹妹的興趣。

總之我現在大意不得，也不能被她發現任何空隙。

我得做好準備，以防她隨時偷襲我。

我在心中起誓，身為哥哥，我必須更能幹一點。

＊＊＊

然而事情總有一個轉折點。

那是某個星期日的午後。

「涼太，你可以下樓一下嗎～？」

當我在房間裡看著輕小說時，美由貴阿姨把我叫了過去。

我來到一樓，結果美由貴阿姨她……她和一個宛如偶像的美少女在一起。

「怎樣、怎樣？這是我的服裝師朋友送我的……」

「咦？妳是……晶……？」

「唔……」

偶像的真實身分是晶。

她上身穿著衣領寬到露出鎖骨的白色女用襯衫，下身則是長度在膝上的黑色吊帶裙。

而且雖然不明顯，甚至還上了淡妝。

這到底是……

「呵呵呵，如何呀？可愛吧？我順便上了點妝。」

「咦……啊……是……」

我不禁看傻了眼。而且遲遲說不出話來。

晶也差不多是這種感覺。大概是第一次打扮成這樣，她只是嬌羞地等待我說話。

「那個……非常……就是……」

「唔……不、不適合我……對吧……？」

「不會，我覺得……很好看……」

我好不容易擠出這般感想，就已經用盡了全力。

可愛、美麗、楚楚可憐、清純，這些詞語已經無法拿來形容她……如果我說感覺就像被一箭穿心，這樣各位明白嗎？

連我自己都知道。

我現在已經臉紅到耳根子了。

「是、是嗎……？」

「對、對啊……」

「哎呀哎呀，你們感覺好像第一次出去約會的情侶喔。」

「「唔————！」」

因為美由貴阿姨說了一句不得了的話，我和晶都差點窒息。

＊＊＊

「…………」

「……………」

我們正在散步。

我和晶不發一語，只是走在道路上。

機會難得，你們一起出門逛街吧——因為美由貴阿姨這麼一句話，我們便決定外出，但我緊張得甚至不曉得該往哪裡去才好。

晶滿臉通紅地低著頭，靜靜走在我的身邊。

她在無意間跟我保持著比平常還要遠的距離。感覺很像是「乖乖牌模式」，但又有一點微妙，總覺得好像不太一樣。

我身為哥哥，現在應該主動說些什麼，但我實在找不到話題。

這時候晶抓住我的衣襬。

「要去哪裡……？」

「還沒想好。」

「那我想去那裡……」

「咦？」

晶伸手指著的地方，是外觀看起來很時尚的咖啡廳。

已經有幾對年輕男女坐在開放式露臺區了。

「可、可以啊……」

為了以防萬一，我確實帶著錢包出門，可是我沒想到會造訪咖啡廳，所以身上的衣服幾乎算是家居服。

我有點後悔自己沒有穿著外出服。

「我之前就想進去那家店。」

「這樣啊。那走吧。」

我們走進店裡，在櫃檯看著菜單點餐。

我顯得非常徬徨。

我的背感覺得到旁人的視線都對著晶。或許連我都變得過度敏感，那些此起彼落說著「那個女生好可愛」、「她好漂亮」的聲音，莫名在耳邊迴蕩。總覺得很不自在。

我點了一杯冰咖啡，晶則是咖啡歐蕾。

我們就像想逃離旁人的視線那樣，移動到位在角落的座位。內側的座位是沙發，外側則是木椅。我當然選擇坐在外側。

可是當我要坐在晶的正面時——

「老哥，這邊。你坐這邊……」

晶拍了拍沙發。

她示意我坐在旁邊，但我就是覺得卻步。

不過最後我還是照她所說的，坐在她的旁邊，變成跟著她一起環伺整間店的狀態。

接著我啜飲涼涼的冰咖啡潤喉，告訴自己先冷靜下來。

這時晶默默開口說：

「感覺好像在跟老哥約會喔……」

我一直不願提及的「約會」二字，讓我心頭一慌。

「我、我們是兄妹，所以不算約會吧？」

「是沒錯，但就感覺不是啊……」

……這個真的不行。

每當我覺得身為哥哥，必須把持住的時候，晶就會試圖越過兄妹的藩籬。

現在坐在我身旁的晶，還有平常在家邋遢成性的晶。

我見識過她這兩種面貌，如今還是不知道該怎麼對待她，只覺得腦袋一片混亂。

從我遇見晶開始，一直到今天所知道的事。

那就是認清了自己不過是個遲鈍、優柔寡斷，而且靠不住的男人。

一想到這裡，一股曖昧的不安就快把我壓垮了。

「唉～～～……」

「老哥，你有什麼煩惱嗎？」
「我在想，我自己應該要再振作一點才行……」
「什麼意思？」
「我覺得我得變成一個能好好保護妳的哥哥。」
就連現在，我的心還是穩不住。
看到晶的打扮，還有她的一舉一動，都讓我的心嚴重搖擺。
這就足以證明我身為哥哥的自覺還不夠吧。
我想好好重視她，想好好保護她，是因為她是妹妹嗎？還是因為她是個女孩子呢……
即使對自己提問，也不會有回答。
「你、你不用為了保護我，讓自己煩惱成這樣啊。我可能偶爾會依賴你，可是我也不能永遠依賴你啊……」
結果反而讓晶有了不必要的顧慮。她明明是我想保護的對象……
總之我不能繼續當個遲鈍、優柔寡斷又不可靠的哥哥了。但我該怎麼辦才好？
我希望能有個改變的契機。
什麼都好，我需要一個契機。

＊＊＊

而促成契機的事件，很快就到來了。

那是我跟晶一起出門後，過了幾天的事。光惺被叫去教職員辦公室，所以我突然落得必須自己回家。

這陣子晶和陽向常常兩個人一起回家。

我怕打擾她們，所以最近都跟光惺一起走，但現在光惺不在，我也只能自己回家。

在這片陰天之下，我一個人走上回家的路。

我一邊走，一邊思索的是——晶。

最近她似乎也開始適應學校生活，因此很少看到她緊張的模樣了。

晶之前說過，多虧陽向的幫忙，她在班上的感覺已經比之前好多了。

至於二年級這邊，「一年級轉來一個美少女」的八卦也不再那麼火熱。而三年級方面，則聽說自從光惺上次那麼一瞪，就沒人來搭訕了。

總之看現在這個情形，放晶自己闖蕩應該也不要緊了。

就這樣，我完全大意了。

當我穿過有栖南車站的驗票閘門，空氣中已經飄蕩著下雨的氣息。

我在圓環旁邊抬頭仰望天空，發現天候已經很不妙。根據氣象預報，今天晚上到明天似乎會下雨。

我天真地以為傍晚不會有事，所以沒帶傘，但搞不好很快就會開始下雨。

我一邊在意好似下一秒就會哭出來的天空，一邊想著要快點回家時——

「不要！你放手！」

「別說了，跟我走！」

——前方突然有人發出大叫。

那是一道我有印象的女音與低沉的男音。雙方焦急的聲音互相交錯。

「我不要！好痛！放開我！」

「閉嘴！快點上車！」

我的身體瞬間開始奔跑。

我匆忙在轉角轉了個彎。

很快便看見晶還有一個看起來並非善類的中年男子就在那裡。

不對，他們不只是「在那裡」。

中年男子抓著晶的手，打算強硬地把她拉到停在路邊的車裡。

我的腦海裡迅速浮現「可疑人士」這個詞。

然後激動得彷彿全身的血都沸騰了。

「晶————！」

我在思考自己現在該做什麼之前，腳就先開始奔跑了。

「咦？老哥！」

「嗄？老——」

我的身體已經失去掌控。

全身感到非常燥熱，周遭的聲音也完全消失。

「放開晶————！」

我毫不猶豫地抓住中年男子的衣領。

「你是誰啊……？」

中年男子從上方睥睨我，同時單手揪緊我的衣領。他的力氣好大。

充滿壓迫感的銳利眼神。要是我們打起來，我想我應該贏不了他。

可是我不能退縮——

「我是晶的哥哥！」

——因為我是晶的哥哥。

「老哥……？」

情況陷入膠著。

我和中年男子彼此抓著對方的衣領。

「噗……」

中年男子突然噗嗤一聲，最後開始哈哈大笑。

「爸、爸爸！老哥也是！你們都住手！」

晶說完，中年男子這才鬆開我的衣領。

「抱歉、抱歉，你就是晶的哥哥啊？我叫姬野建，是晶的老爸。」

「…………咦？」

我想這個時候的我，毫無疑問露出全宇宙第一痴呆的表情……

＊　＊　＊

非善類的中年男子——更正，是晶的親生父親建先生，坐在公園裡附有屋頂的長椅上。

不知道為什麼，他的心情似乎很好。

「不過我還真沒想到你會突然揪住我的衣領啊～」

「非常抱歉！是我誤會了！」

「我都說沒關係了。因為你只是想保護晶嘛。」

即使如此，我還是鞠躬道歉。畢竟我自己誤會又衝動行事——

其實當我還坐在電車上的時候——

先下車的晶走在回家的路上，好像被幾個痞子纏上了。

他們的目的大概是搭訕，但這個時候，建先生出現了。

「喂，你們幾個。找我女兒有事嗎？嗄嗄？」

建先生原本就是個專拍黑道電影的演員，因此打扮毫無時尚氣息，完全是可怕的黑道風格。他的眼神銳利，體格也很壯。可怕到小孩看到他走在街上，就會嚇到哭出來的地步。

要是被這種人瞪上一眼會怎樣……普通人當然會嚇死。

果不其然，那些痞子似乎夾著尾巴逃了。

他們離開後，晶質問建先生為什麼會出現在這裡，建先生表示他實在放心不下自己的女兒，所以從遠處默默守著她。

當他默默看著晶，心想著「新家有沒有問題？」、「她有沒有受委屈？」，這些為人父母會有的憂心時，那些臭蟲子便來接近晶，所以他才會出現，把人趕跑。

接著晶告訴他「不用操心那些」、「我沒事」。

可是建先生看到晶被那些痞子纏上，早已在氣頭上。

然後他看到晶的裙子。

「這麼短的裙子是怎樣！就是因為穿著這玩意兒，才會有男人靠過來！」

道出這番極端的言論。

「我買新的裙子給妳！快上車！」

「我不要！好痛！放開我！」

「閉嘴！快點上車！」

然後我不分青紅皂白介入他們，事情似乎就是這樣……

——話說回來，現在重新看一次，真的好可怕。我居然抓住這種人的衣領嗎……

雖說當時我氣到沖昏頭，事到如今腳才開始想發抖。

不過晶——

「是爸爸不好啦！真是的！」

她毫不留情地用力打了建先生的肩膀。

「你那麼做當然會被人誤會，弄個不好，別人可能會報警耶！」

建先生聽了，只是抓了抓頭表示無奈。

「我也覺得自己有錯，妳就別再怪妳爸了啦……」

「追根究柢，我平常一直跟你說，你打扮成這樣很容易誤會吧？」

「啊……好好好，真是不好意思……是小的不好……」

被女兒這麼喋喋不休地碎唸，建先生一臉為難。

「晶，我就說剛才是我不好了……」

「老哥完全沒有錯！」

「不是啊，我沒先問清楚就介入是事實啊——」

「那是因為我也沒阻止——」

「不對，不能怪妳啦！」

「那你也沒做錯！」

當我們爭著攬責任時，現場傳出「噗嗤」一道笑聲。

「……真是的，你們真的感情很好嗎？」

「「咦？」」

建先生嘻嘻笑著。

「小兄弟，你只是做了身為哥哥該做的事，別放在心上了。」

「好……」

儘管我們和解了，晶似乎不太能接受。

「講話不要這麼囂張，爸爸你也乖乖道歉！不然我再也不跟你聯絡了！」

「啊，好……小兄弟，抱歉。我這麼容易引人誤會……」

建先生沮喪的模樣跟他的外表完全不配，讓人覺得有點好笑。

即使飾演的角色和外表凶惡，到頭來也不是個壞人。

而且他也沒有我想像中那麼不堪。對晶來說，他是個好爸爸，又或者他在晶的面前，總是表現出好爸爸的模樣。

「對了，小兄弟。你說你是晶的哥哥，那你叫什麼名字？」

「真嶋涼太。」

「真嶋涼太啊……是個好名字。」

「啥……？謝謝你。」

我不知道好在哪裡，不過有人稱讚，感覺倒不錯。

「那麼你已經知道，我是個就像外表一樣的沒用父親了嗎？」

「咦……？」

「我只不過是個三流演員，個性容易衝動，最後弄得美由貴和晶傷心難過。我落魄到照理來說，根本沒有資格繼續以她的父親自居。」

「才——」

——沒有這回事，我無法堅定地這麼說。

讓家庭分崩離析，全是他的責任。這是他自作自受，毫無同情的餘地。

但我總覺得事情似乎不只如此。

儘管他的人品不像我聽說得那樣，我想這個人一定跟美由貴阿姨一樣，一路後悔到今天。否則的話，他不會特地跑來察看女兒的狀態。

美由貴阿姨說過，他們是因為價值觀不同才會分開。

既然如此，建先生的價值觀是什麼呢？

我找不到答案，轉而看著晶。

只見晶直盯著建先生，好像有什麼話想說。

「晶，他是個好哥哥嘛。這小子毫無疑問是個好男人。看來妳已經完全融入那個家了，這樣我就放心了。」

「嗯、嗯……」

「不過這次倒是讓我反思了一件事。那就是我也該讓孩子獨立了。」

晶輕輕發出「咦？」的一聲疑惑。

「我不能老是打擾妳的人生。要是我在這裡，妳的新爸爸也會很困擾。」

他在說什麼啊？他到底想說什麼？

「喂，小兄弟。晶或許跟我很像，講話粗魯又不可愛——」

沒有這回事。

對嚮往兄弟、嚮往有個弟弟的我來說，晶就像個弟弟，真的是個很可愛的傢伙……

「——可是就算這樣，她還是我的寶貝女兒。」

這我知道。畢竟我也一樣，一扯到晶就會衝動行事。

「……所以，未來也拜託你多多照顧她了……」

建先生緩緩從長椅上站起，然後對我深深行了一鞠躬。

我一時之間愣住了。這可能是第一次有成年男性對我低頭。

「所以了，晶。如果是跟這個小兄弟作伴，那就沒問題了。」

「爸爸……」

「妳可別被怪男人拐走喔。要找跟這個哥哥一樣的好男人。知道了嗎？」

「爸爸……？」

建先生想表達的話語……

簡直就像這輩子要斷了跟晶的緣分一樣。

「好了，我要走了。你們兩個要保重喔——」

我不能讓他就這麼走了。不能讓他離開晶。

如果我現在不說些什麼，或許接下來的人生只會剩下後悔。

無論是對建先生、對晶，都會只剩後悔。

我有很多想說的話。

卻不知道該從何說起。

你知道晶在學校是用「姬野」這個姓氏嗎？

晶到現在還是對你……——

晶……——

想說的話全卡在喉嚨深處，令我非常難受。

「爸爸！」

雖然晶大喊了一聲，建先生的背影卻越來越小。

儘管如此，我和晶還是一句話都說不出來。我們仍然僵在原地沒有動作。明明想追上去，卻沒有行動。

我和晶明明已經察覺不能就這樣目送他離去。

既然這樣，我能做的就是——

「咦？等……老哥？」

——我抓著晶的手，奔跑到建先生身旁。

「建先生！」

建先生停了下來卻不發一語，而且也沒有回頭。

「我現在非常幸福。」

站在我身旁的晶「咦？」了一聲，但我沒有理會，繼續往下說：

「因為有你，晶才會出生。」

「老哥……」

「我現在最想表達的事，就是我能跟晶一起生活，覺得非常幸福。」

然而這是只有我一個人獲得的幸福。

「可是晶的幸福，光憑我一人……光憑我的家人是無法實現的。沒有人可以代替她想要的東西……」

光憑我或老爸，無法滿足晶的幸福。

美由貴阿姨也無法滿足晶想要的東西。

我認為要是沒有那樣東西，晶就無法在真正的意義上獲得幸福。
其實之前我就發現這點了。
然後今天以旁觀者的角度看到晶和建先生，才終於能夠肯定。
晶為什麼會和他人保持距離——

「你要一直當晶的爸爸，晶才有幸福可言！」

——因為晶一直都想和他在一起。
比別人、比任何人，都想待在建先生身旁……——

『抱歉，我醜話說在前面。這種場面話就免了吧。』

我第一次見到晶時，她說的這句話。
現在想想，她是表明自己無法接受建先生以外的人吧。

『不用了。我可以自己念，而且我不想依賴別人。』

我隱約明白。

現在雖然會依賴我了，但晶之前之所以不依賴別人，一定是不想造成別人的困擾。

建先生離開後，為了讓自己獨立，她認為自己必須有堅強、穩固的心，所以就這樣一路走來。其實她明明是個撒嬌鬼。

『頂多小時候曾經幫爸爸刷過吧……』

晶的心防跟一開始相比，已經鬆了許多。

但我現在知道，像我這種人，還是無法代替建先生。我想老爸也無法。

『感覺好像爸爸的背……』

好像——換言之，終究是假的。不是真的。

『——爸爸，謝謝你……』

雖然不甘心，但我現在這麼不可靠，根本無法給晶想要的東西。

所以我不希望晶失去那些。

「我一直憎恨拋棄我的母親。可是站在這裡的晶不一樣。就算你們分開生活，她還是非常喜歡你……」

我沒有的東西，我渴求的東西……

「你在晶的心中有這麼大的分量，說真的，我很羨慕……你們有血緣、有親情，她仰賴你，我真的打從心底……」

——這是一家人原本應有的樣貌。

所以唯有這件事，我無論如何都要說出來——

「所以建先生！請你……請你不要拋棄晶！」

我這麼說完，建先生稍微抖動了雙肩。

但他還是不發一語，也沒有回頭，再次緩緩邁開步伐。

最後雨終於一滴一滴落下，刷深地面的顏色。

才剛覺得雨潮溼的氣味變重了，沒想到竟然馬上變成傾盆大雨。

制服會溼透。

但我和晶手牽著手，呆站在原地不動。

我們就這樣，靜靜地看著建先生離去的背影。

＊＊＊

之後，我和晶一句話都沒說，回到了家中。

老爸和美由貴阿姨在工作，兩人都不在家。

我叫晶先去洗澡後，脫下溼透的制服，用毛巾擦著身體。

我不知道該對晶說些什麼。或許什麼都別說才是最好的。

結果直到晶洗完澡，我依舊心煩意亂地苦惱著，就這樣前往浴室。沖著澡的同時，我一個勁地後悔。

我可能說了多餘的話。

多管閒事、自我滿足，然後厭惡自我……

今天真是做什麼都碰壁。這種日子就早點睡吧。

我一面這麼想，一面走出浴室。

後來過沒多久，當我一個人待在房裡，晶過來了。

「老哥，你現在有空嗎？」

「啊，嗯……」

我原本就隱約覺得她會來。

我從床上爬起來坐正，晶便來到我的右側坐下。

「你肚子餓嗎？」

「不會，不餓……」

接著我們之間一陣沉默。

大雨敲打著窗戶。雖然不到發布警報的地步，卻也大得感覺會發布大雨特報。

當我靜靜地聽著雨聲，晶突然開口說：

「老哥，關於今天的事……」

晶難以啟齒地低著頭。

「抱歉，我忍不住……」

「沒關係，我才是……可是我有句話想對你說……」

說完，晶把頭靠在我的肩上。

「老哥，謝謝你……」

「咦？」

「謝謝你為了我，說那麼多……」

「啊，不……我是……」

那只是多管閒事。我做了很多不必要的事，說了很多不必要的話。

因為我是哥哥——不對，現在已經不必再用這種名目了。

我只是為了一個名為晶的女孩子，撲了一個大空。

「老哥，你覺得自己多事了嗎？」

「……對啊。心裡覺得是為了妳，結果根本就是一種自我滿足。」

「沒有那種事啦。你的溫柔，我都看在眼裡。」

「真是這樣就好了……」

「而且你今天真的好帥。你為了我，跟爸爸說了那些，我很高興……」

就連那些話語，我都覺得很窩囊，很丟臉。

到頭來，我雖然有很多話想告訴建先生，說出口的話卻盡是自己的感想、感謝，還有多管閒事。

我才不是替晶說出心聲，只是不假思索說出自己想說的話罷了。

聽到那些話，想必只會更加為難。

「抱歉，其實我還有更想講的話，可是……」

「我聽了很感動。你說你很幸福……」

「唔……不要說啦……」

「我也一樣喔。能遇到老哥，我覺得很幸福。」

「唔……！這件事就別再說了吧？」

「我還沒講完。聽我講到最後。」

我可是覺得很丟臉。要是有洞，還真想鑽進去。應該說我都知道，我的臉紅到想自己挖洞埋起來的地步。

羞恥與後悔——以我的狀況來說，這兩者總是成套出現。

「老哥，原來你知道我喜歡爸爸啊？」

「是啊，多少感覺得出來……」

「當我覺得自己是不是又要被爸爸拋棄的時候，覺得好寂寞、好寂寞。就在我什麼都說不出來，不知道該怎麼辦才好的時候，老哥替我說出來了。」

「這樣啊……」

「然後啊，爸爸剛才傳訊息給我了。」

「咦？」

「他說經紀公司聯絡他了。之前的試鏡通過了，下次他會演連續劇的配角。」

「哦，好厲害。很棒嘛。」

「嗯。他還說，等拍片告一個段落，要不要一起去吃飯。」

「咦？意思是——」

「因為老哥把我心裡想的全說給爸爸聽了，我想他應該也還想再跟我見面吧。」

「這樣啊……」

我在吐出一口氣的同時這麼說，感覺全身都放鬆不少。

我做的事情沒有白費。我澈底鬆了一口氣，打從心底覺得真是太好了。

「然後啊，老哥。你閉一下眼睛。」

「咦？為什麼啊？」

「別問了啦。」

我閉上眼睛。當眼前變成一片黑，雨聲聽起來更大聲了。也清楚感覺得到剛洗完澡的晶，身上的香氣比平常濃郁。

我感覺得出來晶的體重轉移到我這邊。

床舖晃了一下，發出嘎吱聲響，隨後晶的體溫逐漸靠近。

她該不會又要亂揉我的臉了吧？

就在我這麼想的瞬間，晶把手放在我的肩上，然後——

「——……啾。」

我的嘴唇旁傳來某種溫熱、柔軟的觸感。

我立刻明白那是晶的嘴唇。

我睜大眼睛看向晶。

只見晶紅著臉，壓著自己的嘴。

「晶，妳該不會……」

「嗯……我親下去了……」

「少說得這麼輕鬆！妳在幹嘛啊！」

「呃……因為我今天雖然很高興，但也有點生氣。另外就是意思一下？」

「啥？生氣？要意思什麼？」

「……我從來沒想過要把你當成爸爸的替代品喔。」

「咦？」

「老哥就是老哥。只有這件事你別誤會。」

「知、知道了——那剛才親我的理由呢？」

「算是……表達感謝的心？」

「……這是哪一國的表示方式？」

後來我跟晶稍微聊了一會兒，她說了聲「再見」後，笑著走出我的房間。

晶離開之後，我整個人倒在床上，看著純白的天花板。

我不是建先生的替代品。

老哥就是老哥……嗎……

既然如此，我更要變成能讓晶依靠的哥哥才行……

嘴唇旁還留著晶唇瓣的感觸。發熱的腦袋也無法冷卻。

熱到讓我產生是不是因為淋雨，結果感冒的錯覺。

9 SEPTEMBER

9月8日（三）

我該寫些什麼呢？

我想寫的事情有很多，可是有點猶豫要不要寫下來，結果就這樣握著筆，看著時間一點一點流逝。

現在已經過了午夜，變成9月9日了。

但只有三件事，我一定要寫下來。

第一，我今天隔了好久，見到爸爸了。

看他還是老樣子，我就放心了。他也接到連續劇的通告，我很替他高興。

第二，老哥超帥的。

雖然是因為會錯意發火，但問題出在我和爸爸身上，所以也沒辦法。

之後老哥為了我，把我的心意告訴爸爸，我覺得很高興。

第三，我忍不住親了老哥……

老哥整張臉都紅了，好像嚇了一跳，不過心慌的老哥好可愛。

其實我本來想親嘴巴。但是我覺得老哥就算人再好，一定也會不喜歡，所以作罷了。

第四……剛才明明說三件，不知道為什麼，跑出第四件了。

不過這是最重要的事，也是第三件事的後續。

我跟老哥像這樣一起生活，對彼此有很多了解，每天都過得很快樂……

總歸一句，我喜歡上老哥了。我把他當成異性看待。

要是這件事被人看到，我想應該很不妙……

（附註）

我有一件百思不得其解的事，老哥對家人為什麼這麼執著呢？

如果我問他，他會告訴我嗎？

還有「孟德爾定律毫無親情可言」的真正含義是什麼？

每當我偶爾看見老哥落寞的表情，胸口就覺得非常難受。

如果老哥覺得很寂寞，那我想幫他把心填滿……

第10話「其實最近繼妹的模樣有點怪……」

Jitsuha imouto deshita.

當九月過了一半，日夜溫差擴大，我開始煩惱怎麼穿衣。

距離換季還有一陣子，不過我們學園對制服怎麼穿不會太囉嗦。覺得冷就穿著西裝外套，覺得熱就脫掉。

我跟晶從第二學期開始就穿著外套上學，但到了現在，從車站往學校的路途上，已經沒有一個學生還穿著夏季制服了。

「完全進入秋天了耶。」

「就、就是……說呀。」

「大家都跟我們一樣穿著外套耶。」

「應該是因為會冷……吧？」

「我、我問妳，晶……」

「老……哥……哥哥，我……人家好喜歡這件西裝外套，好可愛……喔。」

「那個……晶。我可以問個問題嗎？」

「什麼……事呀……？」

「……妳為什麼一大早就秀逗了？」

「咦！你在說什麼？」

「就是妳的說話方式……」

「呃……人家不懂你在說什麼耶。」

晶最近很怪。可能也不只有最近怪啦，但總之就是怪。而且怪得讓人笑不出來。

現在也是。她的說話方式怪到我受不了。

「怎麼了嗎？老……哥哥？人家跟平常一樣呀。」

「……少胡扯了。妳幹嘛硬要改變自己的說話方式？而且聲調還比平常高一階。」

我說完，晶發出「唉～」的一聲，大大嘆了口氣。

「最近老哥跟陽向感情很好吧？你們說的話比跟我在一起的時候還多。」

突然恢復原狀了。

「……繼續說。」

「老哥，你心裡是不是想著要是能跟陽向那樣的女孩子交往，那就好了？」

「哦？妳為什麼會這麼想？」

「因為……她有女孩子味，動作什麼的也很可愛？」

「這件事跟妳改變說話方式有什麼關係？」

「因為我發現老哥都不理我，身為妹妹，我好寂寞……」

「原來如此……」

我原本擔心是因為壓力還是其他因素，使得晶秀逗，現在聽到不是如此，這才安心。

但我無法否認她完全猜錯了。

跟陽向交往？就算天地錯置，也不可能發生那種事。

「晶，我跟妳說，妳完全誤會了。」

「我誤會什麼了？」

「我本來就很常跟陽向聊天啊。她是光惺的妹妹，我跟她已經認識四年了。」

「所以你對她沒意思？」

「…………對啊。」

「那個停頓是怎樣！」

「不是啦，我的確覺得她很可愛，只是最近……」

「最近怎樣？」

「嗯……其實——」

——首先是這個星期的星期一。

「涼太學長，早安。」

「噢，陽向。早啊。」

那天早上，在我前往二年級教室的途中，我被陽向叫住了。

聽說她最近很早出門，在半路才會跟光惺會合，但我已經有好一陣子沒見過陽向了。

「我用了新的髮圈，好看嗎？」

陽向說完，擺頭讓我看綁著頭髮的髮圈。

「好看。很適合妳喔。」

「真的嗎？謝謝學長！」

「呃……陽、陽向——」

她就這樣爬上樓梯走了。她到底想幹嘛啊……

「陽向是怎麼了？」

「誰知道。那傢伙本來就是笨蛋。」

雖然光惺這麼說，也沒放在心上，但我就是在意得不得了，想知道她的行動到底有什麼用意。

隔天星期二的午休。

「涼太學長。」

這次陽向跑來二年級的教室。

「嗨，陽向。妳怎麼會來二年級的教室？」

「我想把這個拿給哥哥。」

「嗯？這是光惺的運動服？」

「我拿錯了。剛才體育課要換衣服的時候，我才發現尺寸不對。」

「這樣啊。聽到了吧，光惺。」

「噢，是喔……我是無所謂。」

陽向說完，把運動服交給光惺，臨走前還輕輕對著我揮手。

「那麼涼太學長，下次見——」

「好、好，下次見……」

感覺似乎只是來把運動服拿給光惺，但我總覺得不太對勁。

「你明明就在這裡，陽向卻幾乎無視你耶。」

「她平常就是這樣吧？」

「可是我們今天不是沒有體育課嗎？她沒有必要特地拿來還給你吧……」

「我就說了，那傢伙是笨蛋。」

我倒覺得光惺只用一句笨蛋就下結論，也沒好到哪裡去，但即使如此……即使如此還是怪怪的。

可是也有可能純粹是我想多了……

——就像這種感覺，陽向持續著令人費解的行動。

我跟晶說了這些後，她的臉色稍微暗下來了。

「她這樣……老哥，你什麼都沒發現嗎？」

「發現什麼？」

「就是陽向她對你……就是……」

「什麼啦？」

「唔……我是說，她這樣……」

「怎樣啦？」

「我的意思是說，陽向喜歡你啦！」

「什麼？為什麼妳聽了陽向的行動後，會扯到這個？」

「那當然是因為……她想儘量跟喜歡的人在一起啊……」

晶羞紅著臉，不斷扭動身體。

「所以她大概對老哥……」

我知道晶想說什麼了。但我還是要這麼說——

「陽向怎麼可能會喜歡我啊！」

我反射性地強烈反駁，隨後卻感到有點悲哀。

「你、你幹嘛突然這麼貶低自己……你為什麼這麼有信心人家不會喜歡你？」

「不是啊，我完全沒有人家會喜歡的要素嘛。」

「老哥，你對自己好一點嘛……」

晶帶著極度失望的表情。

「先不管人家有沒有喜歡你，你有很多優點啊。」

「比如說？」

「例如……很溫柔？」

「很好，出現了～榮登超沒意義的『喜歡對方哪一點』榜單中的第一名！」

「啥？」

「晶，我跟妳說。全世界的男性對女生大多很溫柔。」

「那光惺學長呢？」

「那傢伙是渣男，不算數。我說的是大眾普遍的見解。」

「光惺學長好可憐……」

會若無其事說喜歡自己的女生「很煩」的人，沒有值得同情的餘地。

「從以前到現在，接近妳的男生當中，有不溫柔的人在嗎？」

「我想想……好像沒有……」

「對吧？換句話說，面對喜歡的人，每個人都會很溫柔。反過來說，那些主張自己喜歡只對自己溫柔的人，『頂多只是有可能會喜歡』罷了。」

「啥……？」

「不過我都知道。說穿了，這種稱讚別人的方式，都是已經喜歡上了，所以表明自己喜歡對方溫柔的一面罷了。」

「……你的意思是，不是因為對方溫柔才喜歡他，而是已經喜歡上了，所以也喜歡他溫柔的部分？」

「就是這麼一回事。溫柔都是後來追加的理由。喜歡就是喜歡。沒有理由。喜歡的理由都是之後追加的。」

我像個戀愛評論家說完，晶有點……應該說非常退避三舍。

「……我懂了。我現在知道老哥拚命上網搜尋關於戀愛的文章了……」

「什麼嘛，穿幫了喔？」

「還有，你這麼激動跟我辯戀愛觀，我有點傻眼……」

「是喔——好啦，這些話可能是現學現賣，但我也是這麼想的。因為我對戀愛也還算有興趣啊。」

「咦？你有興趣嗎！」

晶睜大了眼睛。

「為什麼要驚訝？應該每個人都上網搜尋過戀愛文章吧？」

「是嗎……」

「就是這樣——所以回歸正題，反正陽向沒有會喜歡上我的要素。」

「你還是這麼篤定啊？」

「所以我是以戀愛之外的原因，來思考她最近的行動。然後我的結論是——」

「……是什麼？」

「——完全想不通。」

「沒藥救了……」

晶沮喪地說。

「我知道老哥說的喔。但我還是覺得自己喜歡溫柔的人。」

「是喔？」

「當然也不是隨便誰都好，畢竟有些情況是你覺得不喜歡這個人，有時候卻突然覺得他很帥……」

「是、是喔……舉例來說，是什麼樣的人？」

「例如……老哥之類的？」

「我？」

「我、我說的是一般大眾的見解啦──因為你不是對我很溫柔嗎？」

「有、有嗎？我溫柔嗎？」

「嗯，你很溫柔……即使陽向沒有喜歡你，假如你用對待我的方式對待她，她應該也會喜歡上你吧？」

「不會有這種事！」

「咦？為什麼？」

「因為我對妳溫柔，是對妳才會這樣啊。」

「唔──！」

這是當然的。我們是家人，我能這麼隨性面對的人，只有晶一個人。

要以一樣的態度對待陽向，甚至是晶以外的人，我根本無法想像。

「所以了，晶。雖然我把陽向當成理想中的妹妹，但妳就是妳，妳不用改變自己的遣詞用字。妳保持現在這樣就好。我也喜歡妳現在這樣。」

「嗯、嗯……」

「話說回來，妳為什麼臉紅？」

「都是你害的！」

我們說著這些，今天也和樂融融地一起上學。

＊＊＊

然而當天午休，陽向又跑來二年級的教室了。

「涼太學長，我有件事想跟你商量一下……」

「商量？跟我？」

「是、是的……」

「什麼事？」

「呃……我不方便在這裡說……」

陽向紅著臉，忸忸怩怩地擺弄放在腹部的手。

「總算要告白啦？」

光惺從旁插嘴。

「才不是！而且『總算』是什麼意思！哥哥你閉嘴啦！」

因為早上晶那麼說，我在一瞬間也以為要被告白而繃緊身體，但看來並非如此。不知為何，我在鬆了一口氣的同時，也覺得有些可惜。

「那我們換個地方說吧？」

「好、好的……」

我跟陽向一起前往的地方，是集中放置多餘課桌椅的一樓樓梯下。

午休時，只會有零星學生經過這裡，不必太在意周遭人。

「好了，妳想說什麼？」

「其實……是關於小晶……」

「晶？怎麼了？」

「學長，我跟你說，小晶最近好奇怪！」

「啥……？」

我才剛覺得陽向不對勁，她卻反過來跟我商量晶的問題。

最近我身邊的人都好不對勁。至於光惺——他今天也跟平常沒兩樣。大概吧。

「具體上是哪裡怪？」

「她在教室常常發呆？」

「是喔……」

她在家也都軟趴趴的，聽起來不需要特別在意吧？

「那個……涼太學長。你有認真聽嗎？」

「有啊，我很認真啊。」

「那就好……總之，她好像無法專心在課業上，不知道學長有沒有頭緒……」

這個時候，我突然想起我們早上的對話——

『——當然也不是隨便誰都好，畢竟有些情況是你覺得不喜歡這個人，有時候卻突然覺得他很帥……』

——不會吧……

「我姑且問一下……」

「什麼事？」

「妳跟晶聊天，曾經聽她提起哪個特定男生的名字，或是戀愛話題之類的嗎？」

「咦？沒有啊……」

「妳仔細想想。」

「這個……這算是特定男生嗎？她常常提到學長你的事。」

既然如此，那就不會是為愛傷神而發呆了。

「難道她有戀愛方面的煩惱？」

「應該沒有這個可能性。」

「沒有……為什麼學長有辦法斷定？」

「因為她平常只會在家跟我打電動、念書、看漫畫，假日也幾乎都待在家懶懶散散地度過啊。」

智慧型手機也只會拿來玩遊戲，沒有特別跟哪個人頻繁聯絡，更不曾看著智慧型手機畫面傻笑。就算有，也只有遊戲抽卡抽到好東西的時候。

「學長的意思是說，她身邊沒有男性的身影？」

「別說沒有，是根本沒有。但偶爾似乎會跟以前的爸爸聯絡，除此之外就……沒有、沒有。不可能有。」

「這樣斷定真的好嗎……？」

「她發呆……嗯，因為秋天到了吧？都說秋天的天空很高嘛。」

「什麼……？」

「所以妳應該不用這麼介意吧？」

「真是這樣就好了……」

「好啦，如果她在家有什麼不對勁，我會再告訴妳。陽向，謝謝妳總是替我照顧她。」

「不會、不會。那麼學長，我先走了——」

陽向輕輕對我低頭致意後，直接走上樓梯離開。

我則獨自一人待在原地，思考有關晶的事。

……晶喜歡某個人？

我差點忍不住嗤之以鼻，但可能性並不是完全沒有。

若是如此，那對象會是誰？

跟晶有關係的人物。晶忍不住覺得很帥的男性……

光惺——應該不可能。而且他們幾乎沒有交集，看就知道沒戲唱。晶感覺有點不知道怎麼跟光惺相處，難道那是喜歡的反面？不不不，一定不是。

她好像也不怎麼跟上一所學校的男生相處，如果是在網路上認識的人，那倒有可能……

不對，說不定只是我不知道，其實晶有個感情很好的男生存在。

總之我現在非常在意晶喜歡的人是誰，在意得不得了。

＊＊＊

當天晚上。

我獨自在房間裡，卻怎麼樣也靜不下來。

這一切都是中午那件事害的。也就是「晶可能有喜歡的人」這件事。

我已經仔細想過了，結果依舊不知道。

事已至此，只能若無其事問問看了。

正好這時傳來敲門聲，晶來到我的房間。

「老哥，我拿漫畫來還你了。」

「晶，要不要跟我聊個天？」

「怎麼了？」

「晶，妳是不是有喜歡的人？」

「咦……？咦咦！」

別說若無其事了，我無法否認自己根本單刀直入過了頭。

反正用委婉的方式問，可能會引起各種誤會，對晶來說，直來直往反倒剛剛好。

「你、你怎麼突然這麼問……？」

想當然耳，晶滿臉通紅。

我就知道，晶——不對，現在下定論還太早。再多套一點情報吧。

「如果用『有』和『沒有』來回答，妳的答案是？」

「唔唔……」

這樣啊，看這反應是有吧。

「對方是什麼樣的人？長得怎樣？個性呢？年收多少？」

「他沒有年收……」

那就是無業遊民、尼特族或沒在工作的學生了啊……完全無法縮小範圍。

「所以毫無疑問就是有了？」

「嗯……」

「這樣啊。那我再問妳一件事，對方是我也認識的人嗎？」

「這個……呃……」

晶的眼神瘋狂游移，沒有否定，也沒有肯定。從她羞於啟齒的態度來看，是我身邊的人錯不了。

「話說回來了，老哥。你為什麼突然問這個啊？」

「因為很在意。」

「拜託，這種敏感的問題，哪能因為好奇就問啊……」

「不是因為好奇，是因為跟妳有關。」

「我？為、為什麼……？」

「為什麼喔？當然是因為……——」

……因為什麼啊？

為什麼一旦事情跟晶有關，我就會如此介意？

經她這麼一說，我對別人的感情問題並沒有多大的興趣。

但因為晶是家人，是妹妹，是跟我很親近的女孩子……

我實在搞不太懂，然而像這種時候，腦子裡連一個便於使用的詞語都沒有。

「——因為我是妳哥。」

「這個不能當理由。」

晶已經非常傻眼了。

的確啦，就算是哥哥，插嘴妹妹的感情事，或許太超過了。

「……那還是當我沒問過吧。」

「什麼！是你自己先提的耶！」

「抱歉啦。反正我要睡了，妳也早點睡吧。」

「呃……老哥，關於這件事……」

「怎麼了？」

晶的臉已經紅透了。

因為晶抓著T恤的領口遮著鼻子，結果隱約可見在短褲上方的白皙腹部。

「你無論如何都想知道我喜歡誰嗎……？」

「對、對啊……妳願意告訴我嗎？」

「嗯。但我有一個條件……」

「條件？」

「應該說，算是我的請求……」

說完，晶的臉比剛才更紅，並且以央求的眼神看著我。

「老哥，我希望你今晚跟我……——」

我不禁懷疑自己聽錯。

但我清楚聽見了。

「——跟我一起睡覺……」

……跟晶……一起……睡覺？

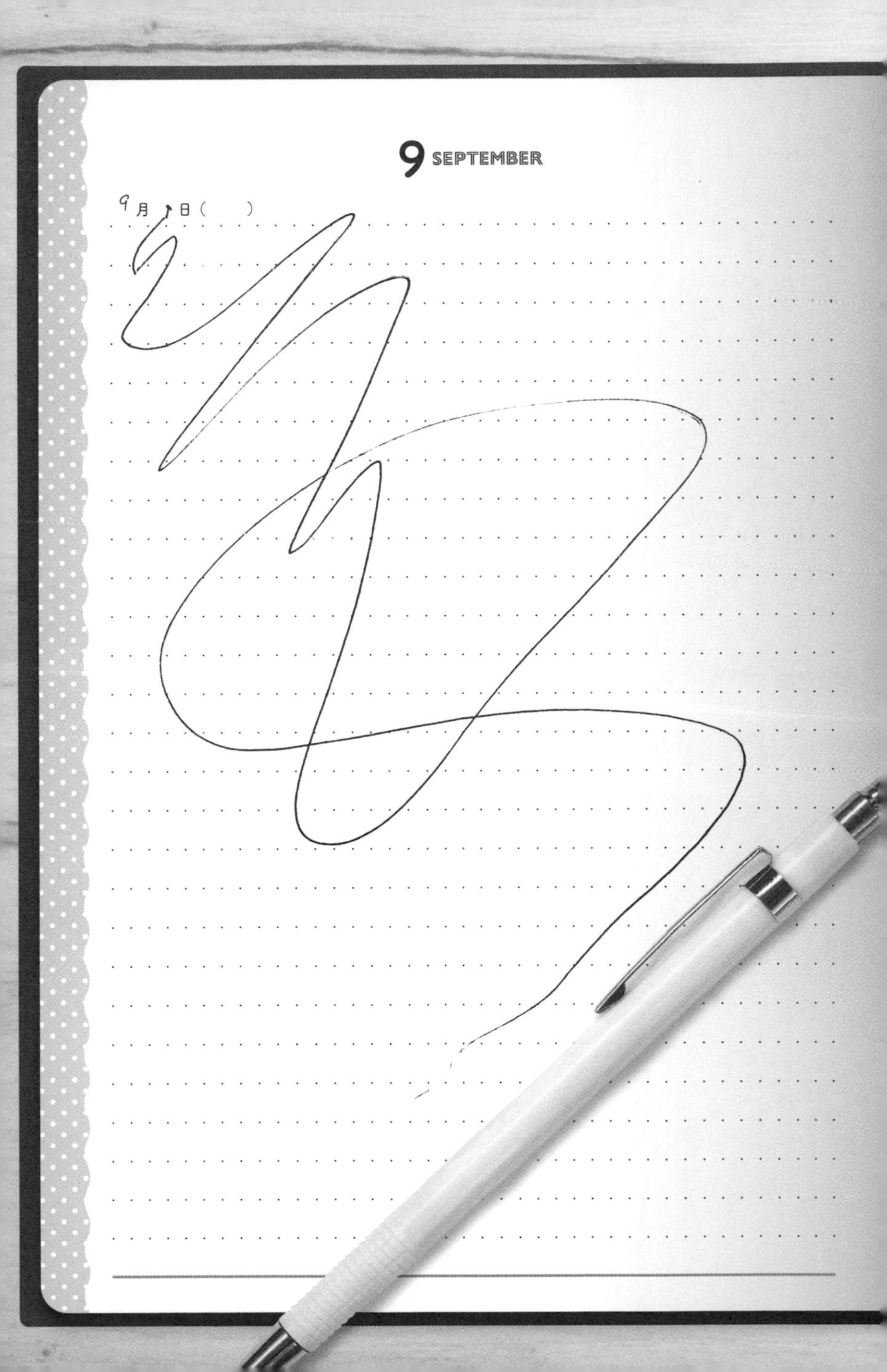
9 SEPTEMBER
9月 日(　)

最終話「其實是繼妹。而哥哥得出的結論是……」

Jitsuha imouto deshita.

這是我第一次走進晶的房間。

我跟老爸搬進來的家具幾乎都在原位，不過那些家具周邊放了一些很女孩子氣的小東西和玩偶。

在我的想像中，我本來以為會是更雜亂的房間，比如脫下來的衣服不收好，桌上亂無章法地堆著漫畫之類的。

可是實際上不是那樣。房間內很整齊，讓人自然而然感覺得出來這是女孩子的房間。裡頭有一股香氣。甜甜的，讓人很放鬆的香氣。是偶爾會從晶身上飄散出的香味。

說來諷刺，答案一直在我的房間隔壁。

要是我一開始來看過晶的房間，就不會把她誤會成弟弟了……或許吧。

「雖然我已經進來了，卻開始怕了……」

「咦～？你才剛進來耶。」

「……我只是覺得，妳真的是個女孩子啊。」

「……不然你以前覺得我是什麼？」

晶抱怨了一句「受不了」，率先鑽進被窩。然後稍微掀開被子一角——

「老哥，快過來……」

就這麼邀我過去。我從剛才開始就一直是緊張狀態，心臟跳得像在打鼓一樣。

「打擾了……」

「這不是打擾啦……這是你說過的話吧？」

「我還真希望妳跟我說『如果要打擾，就給我滾』……」

一張單人床要睡兩個人，實在太擠了。

我們的距離近到只要動一下，就會碰到晶的肩膀。

「啊，我會不好意思，把燈關掉吧……」

「……我睡覺的時候，本來就會關燈。我睡覺喜歡全黑，所以妳半夜起來上廁所，可別踩到我喔。」

我關了燈，房間瞬間變暗。

當眼睛習慣後，可以看到音響設備的燈微微照著房間。

「話說回來，今天到底吹什麼風，讓妳想跟我睡啊？」

「我想說如果要講真心話，就要在被子裡講。」

「什麼意思？」

「就像校外旅行聊戀愛話題，或是睡衣派對那種感覺？」

「原來如此……我好像懂。」

「而且啊，我是獨生女，沒有兄弟姊妹不是嗎？所以從以前就非常嚮往這種事～」

「噢，這個我也懂。我也想過，如果兄弟一起睡，不知道是什麼感覺。」

「因為這樣，我才想跟老哥一起睡睡看。」

雖然我也很想說自己有一樣的想法，但那是指弟弟的情況。

「老哥，手臂可以借躺一下嗎？」

「咦？嗯……」

晶抓住我的手，然後把自己的身體湊過來，就這麼抱住我。

「老哥，這樣你會緊張嗎？」

「……會。」

「是喔……原來會緊張啊。」

「對啦。所以妳快走開。」

「不要。再一下下。」

「妳等一下會走吧？」

「不知道耶～……」

「妳不害羞嗎？就是……我的手實在是……」

「嗯，是有一點……不過我應該還挺得住。」

「為什麼？」

「因為是老哥啊。」

可是我要是不像這樣說點什麼，理性彷彿就會被吹散……

「對了，我們幾乎做完一對情侶會做的事了吧？」

「嗯……？」

「抱抱、接吻、一起洗澡，然後又像這樣一起睡……」

「喂，不要用那種引人誤會的說法。擁抱又不是我主動的，接吻……不是嘴對嘴，而且是妳主動的。至於洗澡……就某種角度來說，根本未遂。但現在一起睡是事實啦……」

我不能再往下想像了。

現在理性比本能還占優勢。然而只要有一瞬間放鬆，感覺就會一口氣翻盤。

「不然要照順序再全做一遍嗎？」

「呆子。」

「好啦，我先不開玩笑了，繼續剛才的問題。」

「剛才？」

「就是我喜歡的人。」

「噢、噢……」

我的心臟一帶突然傳出被人掐住的感覺。

「如果我說我喜歡你，你會怎麼辦？」

「這個……」

說實話，我會很為難。唯有這件事……唯有這一條線是不能越過的。

看我認真煩惱，晶發出哈哈笑聲。

「老哥果然很好玩！」

這是誇獎嗎？不對，我有一種被虧的感覺。

「好啦，我是喜歡你喔。」

「在妳說『好啦』的時候，我就大概猜到了。妳不用再說了。」

不是ＬＯＶＥ的喜歡，而是ＬＩＫＥ。意思就是並非對異性的喜歡，而是以哥哥、以家人的身分喜歡著我。

「我說的當然是異性之間的喜歡。」

「唔咕……晶，妳這樣……」

輕輕鬆鬆就讓我事與願違，我的心臟又開始狂跳了。
不對，其實從剛才開始就一直在狂跳，只是現在跳得更激烈了。
「不過我也不想為難老哥。」
「不，妳跟我攤牌的瞬間，我就已經很為難了……」
「啊哈哈哈，對不起！」
「妳是故意的吧？」
就愛使壞。晶在這種時候，對我總是無與倫比地壞。
「老哥非常重視家人對吧？」
「對、對啊。算是吧……」

「所以，我現在就當個跟你沒有血緣關係的妹妹，以後再讓我當你的新娘子吧。」

面對這突如其來的求婚，我慌了手腳。
「晶，妳該不會要死了吧？」
「嗄？為什麼？」
「妳剛才完全做了死亡預告耶？就是會在結婚前出車禍、生重病，或失去記憶那種。」

「你最後說的應該不會死……唉，算了。」

晶忍不住嘻嘻笑道：

「不是啦，我是真的那麼想。」

「……真的假的？」

「真的——我非老哥莫屬。如果你不娶我，我可能一輩子都不會結婚。」

「不，才不可能。因為妳……很漂亮。妳跟我不一樣，一定會有一票人喜歡妳吧……」

「不對，我就只有你了。只有你一個人知道我在家是什麼樣子喔。」

「噢，是沒錯啦……」

講話不像個女生，愛吃零食，愛喝飲料，懶懶散散地打電動、看漫畫，一不留神就會在地板上睡到露肚子，是個跟端莊扯不上邊、像弟弟的妹妹……

「你覺得世上哪個男人看到我在家裡的樣子，還會喜歡我？」

「可是世界很大啊……」

「你這種說法讓人很難過。」

晶的臉上雖然在笑，我卻真心覺得那樣的晶也很好。

「大家看到的都是我的表面。像是外表什麼的……」

「畢竟外表也很重要，不過妳的內在並沒有很糟啊……」

「只有你這麼想啦。」

「……所以世上也一定有想法跟我一樣的人吧。大概。」

「老哥到底為什麼要一直扯到全世界啊？好歹也縮小在日本國內吧？」

晶又嘻嘻笑了。

我知道在家中和在外的晶。

或許還有很多我不知道的她，但我自認比路上隨便一個男人要懂得多。重視她的心情也不會輸給別人。

「可是我覺得老哥會只因為我們是家人這個理由，就不再往前發展。」

「咦？」

「所以就算我告白了，你也沒辦法馬上給我答覆吧？」

「……難道妳就是覺得我會保留回覆，所以才告白嗎？」

「嗯。」

真是個狡詐的人。把別人的心攪得這麼亂，自己卻置身事外。

「妳為什麼明知如此，還要這麼做……？」

「因為要是不先做個記號，我怕會被別人搶走。」

「不可能啦。我又沒有多受歡迎。雖然自己這麼說實在很可悲……」

「不對。我猜你以後一定還會有什麼離譜的誤會，也會讓別人產生誤會。而我覺得那個人應該會喜歡上你。」

「唔……」

「老哥真的很糟糕耶。讓人家產生誤會，自己卻完全沒發現，還說什麼『反正我不會誤會』，然後不接受別人的心意。」

「這……」

「我就是個很好的例子啊。你對我做了那麼多事，我怎麼可能不會喜歡上你……」

「關、關於這件事……」

——對了。

晶喜歡我的心意，就是從我誤會她是弟弟開始。

晶把我基於誤會採取的行動，全部誤會成是我喜歡她才做的舉動。

結果晶喜歡上我……不對，是我讓她喜歡上我的。

儘管是我先誤會，再讓人誤會，卻根本無法用一句誤會來解決。

畢竟晶都說她喜歡上我了。

或許我真真正正做了一件無可挽回的事。

「可是如果你沒有誤會我是弟弟，就不會有現在這個最喜歡老哥的我。」

「咦……？」

「意思就是，我很慶幸老哥誤會了。」

「晶……」

「就算沒有男女感情，我和老哥也是感情很好的家人。所以我很高興。」

晶這麼說著，接著用力抱著我的手。

「妳說這種話，不覺得害臊嗎……啊，這是妳說過的話吧？」

「多多少少吧——你不喜歡這樣嗎……呃，然後你說了什麼？」

那是我們剛見面那天第一次好好說話時，所說的最後一段話。現在我們彼此互換立場，繼續往下說：

「……我覺得很難——」

這時候我思考了一下，在猶豫之中——

「——妳叫我的時候，可以不用這麼見外。」

我依舊開口。

「不然我該怎麼叫你？」

「……妳可以叫我老哥。」

短暫的沉默之後，我們四目相交，然後同時笑出來。

「啊哈哈哈！什麼啦！你應該要說『可以叫我涼太』吧！」

「老哥就是老哥啊。妳可別以為自己可以直呼我的名字。」

我們笑了一會兒，然後在被子當中握手。

晶的手還是一樣柔嫩光滑。就像玻璃製品，是一隻彷彿稍微用點力，就會壞掉的手。

不過跟當時不同的是，她的手帶有一絲暖意。

我們雙雙開始覺得難為情，不禁同時收手，然後再度看著對方。

「欸，老哥……你確實明白我的心意了嗎？」

「明白了……」

「既然這樣，接下來換你說說你的事吧？」

「我的事？」

「孟德爾定律毫無親情可言——這句話真正的意思是什麼？」

「……妳還記得啊？」

「嗯。因為印象很深刻。你的眼神比你當時說出的這句話還要失落。讓人搞不懂你是在生氣、悲傷還是痛苦，有些捉摸不定。」

「這樣啊……」

看來晶注意到了。

但似乎還是不知道那句話真正的含義。

……就說出來吧。

晶對我坦白了這麼多心思，我想她有知道的權利。

「……這件事我連老爸都沒說過。知道的人只有光惺。」

「咦……？」

「可是我覺得老爸應該知道。他知道，卻為了我裝作不知道。他可能想說服自己『無關』吧。畢竟老爸這輩子一直抽到下下籤。」

「什麼下下籤……？」

我一時猶豫該不該訴諸言語。

因為厭惡的感情將會隨著言語一同湧出。

另一方面，我又希望有人能夠聽我說。就這樣，言語彷彿從心底湧出，然後不受控制地脫口而出。

「——因為我跟老爸大概沒有血緣關係。」

「咦……？」

「我會知道這件事，是因為國中的自然課。那天上課教的是孟德爾定律。如果是平常，我可能會覺得上課很無聊，那天卻不一樣——」

我看著昏暗的天花板，娓娓道出發生在自己身上的事。

＊＊＊

據說擁有心靈創傷的人會討厭歷史。

可是就算我被母親拋棄、有了心理陰影，還是很喜歡歷史課。

如果問我討厭什麼科目，我會回答自然。

該怎麼說呢？因為自然一點都不溫柔。要觀察、實驗、考證。會把事實毫不留情地搬上檯面，完全沒有感情介入的餘地。

那天我也在無聊之中，聽自然老師講課。

但只有某一件事引起了我的興趣。

那就是血型。

以前我只是單純知道血型有Ａ型、Ｂ型、Ｏ型和ＡＢ型。

但那節課教我們其實是AO型、BO型、OO型和AB型，而且孩子的血型取決於父母的血型。

我聽著老師講課，整張臉瞬間鐵青。

「老師，我有問題。」

「嗯？真嶋，難得你會舉手發問耶。怎麼了？」

「如果父母是AB型，有可能生出O型的小孩嗎？」

「嗯～……這種情況我只能說可能性微乎其微。有例外。畢竟可能性不是零。」

「……那會是多少？」

「老師不知道確切數據。」

「所以是微乎其微嗎？」

「是啊，非常罕見。」

那個時候，過往的記憶突然復甦——

『那個人……說他不需要孩子……所以——』

『涼太是我的孩子，他當然要跟著我！』

『可是涼太他——』

『廢話少說！妳想走就快走！然後不准再靠近涼太！涼太由我養大……——』

——我想起老爸當時和曾是母親的那個人的對話。

那個曾是母親的人只說了「可是涼太他——」就被打斷，那句話的後續會是什麼呢？

我知道的事實，只有老爸是ＡＢ型。

而我是Ｏ型。

如果這是一場實驗，那麼實驗結果……考證結果就是……——

「啊，考試不會出例外，大家可以不用記下來喔！」

老師跟全班說可以不用記，我卻忘不了。

所以我才討厭自然課。

一方面說會有例外，一方面又不給你希望。

＊＊＊

「——事情就是這樣，我跟老爸沒有血緣關係的可能性非常高。雖然也不是零啦……」

我這麼說，勉強自己擠出笑容，晶卻啞口無言。我面不改色地繼續說出我的「考證」。

「……我大概是那個曾是母親的人……跟外遇對象生的孩子。」

「怎麼會……」

「然後那個給我爸戴綠帽的男人，說他不要我。我視為母親的女人就聽了他的話，結果，我爸就像抽到下下籤一樣……」

我平淡地說出自己的考證，覺得喉嚨深處和心底都好難受。

這份感情並非憎恨或憤怒。

而是悔恨。

我很不甘心。

和老爸沒有血緣讓我不甘心，跟拋棄我的人有血緣關係讓我不甘心……

孟德爾定律毫無親情可言，這是一種諷刺——

血緣關係根本無聊透頂，這是一種反抗——

有沒有親情才是最重要的，這是一種理想——

到頭來，我自己才是最拘泥有沒有血緣關係的人。

生我的父母知道我和他們有血緣關係，還是不肯收留我。

養育我的父親知道我和他沒有血緣關係，還是把我養得這麼大。

……為什麼老爸會決定收留我呢？

我明明不是他的親生兒子，明明是他應該憎恨的人的孩子，他明明可以不要這麼做……

我該認誰當父親，根本顯而易見。

對我來說，我的父親是真嶋太一——我的老爸只有他一個人。

「老哥……」

「嗯？」

「你誤會了……你老是在會錯意……」

「誤會？會錯意？我搞錯什麼——」

「你才不是什麼下下籤！」

晶突然發出大吼，讓我嚇了一跳。

「晶……」

「你真的很溫柔、很棒、很帥。雖然有時候講話很奇怪，但你的這些特質，我也都很喜歡，最喜歡……我也覺得叔叔養育這樣的你，是個很好的人！你們的確是一對父子啊！不然我不會這麼喜歡你！」

晶就像在責怪我，在昏暗的房間內，說著說著流下淚水。

「……妳幹嘛哭？」

「因……因為你都不哭啊……」

「我以前哭得可凶了……」

「那你現在哭一下啊！討厭！為什麼我要……嗚嗚……」

我默默把手放在晶的頭上。我摸著她，她便開始啜泣。

後來時間過了多久呢？晶突然開口說：

「我現在知道你為什麼這麼拘泥家人了……」

「這樣啊。」

「你很嚮往吧？」

「……對。我想要認為：就算沒有血緣關係，也能成為真正的家人。」

「我們已經是家人了，放心吧。」

「……這樣啊。那我就放心了。」

「雖然我還不算是……」

「啥？我們明明已經縮短那麼多距離了耶？不對，妳剛才明明說我們已經是感情很好的家人了……」

「還不夠。」

「什麼不夠──」

「所以我們結婚吧？跟我變成家人吧？我會一輩子珍惜你，還有你的小孩喔。」

晶再度抱緊我的手臂。

嘴巴雖在笑，眼神卻很認真。我想她一定是認真的。

我閉上雙眼，大大地、深深地深呼吸，然後再次看著晶溼潤的眼眸。

「這樣居然還不夠，妳真是貪心耶……」

我在傻眼之中，笑著撫摸晶的頭。

「你怕嗎？」

「也不算怕，只是不曉得怎麼跟老爸和美由貴阿姨解釋。」

「只要先有既成事實，剩下的就靠臨場反應──」

「喂，妳想陷害我嗎？」

「老哥，你討厭我嗎？」

「就說不討厭了。所以才煩惱啊。」

「那你清楚說出來嘛。說你喜歡我。」

「我——」

——跟以為她是弟弟時不同，已經是戀愛方面的「喜歡」。

可是，要是我現在說出口，總覺得會有某種東西被終結。要我抱著連自己都無法整理的某種思緒告白，太半吊子，而且也像在逃避，這樣對真摯面對我的晶太失禮了……

所以我這麼回答她：

「——我不知道。」

「什麼叫你不知道……」

「我想一直當妳的哥哥。」

「這樣啊……那我就不再勉強問你了。不過……——」

晶的臉比剛才還要靠近我。

就算我想退後，手卻被她壓得死死的。

「既然這樣，接下來你要怎麼辦……？」

「妳、妳是什麼意思……？」

「要來做嗎？既成事實……」

露出那種惡作劇般的表情，太狡猾了。

她自己明明也很難為情，明明也在遮掩害羞，明明很害怕……

「……晶，這樣真的好嗎？妳不會後悔？」

「……嗯，我不會後悔喔。因為對象是你……——」

晶仍將我的手抱在懷裡。她把手又往自己的方向拉。

她已經做好覺悟，也已經同意。

覺悟和同意之後，會有些什麼？我和晶都很清楚。

＊＊＊

當我清醒，發現窗外的黑天已經開始稀薄，還聽得見麻雀的叫聲。

結果之後我完全沒睡。

我看著在我身旁、睡得像個小孩一樣的晶。

我默默把手放在她的頭上，讓頭髮在指間穿梭，不斷撫摸。晶的表情稍微放鬆了一些，看來很舒服。

在清晨昏暗的光線中，晶的表情看起來更閃耀動人。

「晶……其實我……──」

我忍不住湊到晶的耳邊，把當下心裡所想告訴她；但她還在夢裡，只是露出好像很癢的表情。

太好了。看來她沒聽到我說的話。

她抓著我T恤的袖子，不知道夢見什麼了。

我抓了抓頭，一邊看著晶的側臉，一邊閉上眼睛。

──結果……

「「遲到遲到遲到了──────！」」

……變成這樣了。

我和晶澈底睡過頭，匆匆忙忙離開家裡。

＊＊＊

我們好不容易在遲到的前一刻抵達學校，然後在川堂分開，急忙前往各自的教室。

當我走進教室，鐘聲正好響起。晶一定也趕上了吧。

「早、早……」

大概是我氣喘吁吁地跑來，總是頂著臭臉的光惺一臉訝異地看著我。

「呼……呼……呼……快吐了……」

「那就去廁所吐。」

我也很想照著光惺所說的去廁所，但我還是把漲到喉頭的東西壓下去，坐到位子上。

「真稀奇耶，你居然差點遲到……」

「還、還好啦……」

「嗯……你感覺臉色很差，怎麼了？」

「睡眠不足……」

「你做了什麼，弄到睡眠不足？」

「……不告訴你。」

「是喔……算了，沒差。」

後來班導來了，我們也就結束對話。

之後光惺也沒有繼續深究。

他還是一樣漠不關心，我有點感謝他。

＊＊＊

那天中午的午休。

我吃完午餐後，陽向又按照慣例跑來教室。

「涼太學長，可以打擾一下嗎？」

「今天又怎麼了？」

「那個……」

「嗯？」

「其實是……」

陽向左右擺頭，連馬尾都跟著左右晃動。

她看起來有點緊張，靜不下來。

「怎、怎麼了……」

就算我這麼問，她還是沒有回答，只是一直支吾其詞。

那或許是一件難以啟齒的事，但因為緊張，她的臉從剛才開始就很紅。不知為何，連我也跟著緊張起來。

令人焦心的時間不斷流逝，最後——

「……煩死了。」

——光惺發飆了。

「喂，陽向！妳有話想說就說清楚！」

「哥哥你是怎樣！跟你無關吧！」

「妳每天跑來二年級的教室，到底想幹嘛啊！」

「我現在就要說了啊！你看一下狀況好不好！」

沒想到他們兄妹會在這個時候爆發爭吵，我默默看了看周遭。

大家都因為這對俊男美女兄妹罕見地起了口角，個個興致勃勃地看著這裡。

「好了啦，你們兩個都冷靜一點……」

「也不想想是誰害的！」「學長以為是誰害的！」

「什麼！我害的嗎！」

這我實在毫無頭緒。

我的腦袋轉了一圈，心想自己是不是也可以跟著發飆時，光惺惡狠狠地瞪著我。

「……涼太，你又忘記了是吧？」

「咦？忘、忘記什麼？」

「吃飯啦，吃飯！你到底什麼時候才要請客！」

「……啊！」

對喔。我完全忘了。

雖然事情一度不了了之，其實我還沒謝謝他們幫我整理晶的房間。

「陽向每天都纏著我問，問你什麼時候會約我們吃飯！你快給我治治她！」

「才、才沒有每天！是有時候啦，有時候！」

「我的意思就是妳那樣很煩！而且妳大可不要找我，直接問他啊！」

「所、所以我今天不是來了嗎！我都說這跟哥哥沒關係了，你閉嘴！」

原來如此。原因確實在我身上。

換句話說，陽向是為了跟我說那件事，才會一直找理由過來。

看來她說不出「請我」這種話，才會等我自己想起來。

「抱歉、抱歉，的確有這回事……」

「啊，我不是要勉強學長！你不用請客也沒關係啦！」

「不行，你現在當場決定一個時間！現在馬上！」

「我都說這不關哥哥的事了！」

「看到你們，我就一肚子火，氣得不得了啦！」

「光、光惺，你冷靜一點……陽向也冷靜一下……」

「也不想想是誰害的！」「學長以為是誰害的！」

「……是我害的。對不起……」

這場兄妹鬩牆讓我覺得他們根本感情很好吧？

＊＊＊

當天放學後，我先回家一趟，換好衣服之後，跟光惺、陽向還有晶，一起前往離學校有點距離的簡餐店。當然了，這是謝禮，同時兼具討上田兄妹歡心的作用。

我們各自點了自己喜歡吃的餐點，不久後，桌上便擺滿了料理。我們閒聊了一會兒，同時吃吃喝喝，上田兄妹的心情這才完全好轉。

至於晶，則比以前更親近他們兩人的樣子。只不過還是沒辦法用平常在家的那種姿態跟他們相處。

即使如此，她還是掛著可人的笑容，傾聽大家說話。

慢慢來就好了，我希望她能像這樣，對每個人都敞開心胸。

「涼太，幫我裝飲料。」

「嗯。你要什麼？」

「給你選吧。」

「你可別後悔喔。」

「……那就可樂。」

我拿著光惺的杯子，前往自助飲料區，結果陽向也跟在我後面。

「不好意思，涼太學長。突然要你請客……」

「噢，不會。反正都是我不好，我完全忘了……」

「對了，涼太學長。」

「嗯？怎麼了？」

「你給人的感覺是不是變了？」

「咦？有、有嗎？」

「該說變得比較成熟嗎？就是……很從容的感覺。」

「是嗎？雖然我不這麼覺得啦……」

「我也覺得小晶變得比之前漂亮了，所以想說是不是在家發生什麼事了……」

真不愧是上田陽向。有夠敏銳。

「應該沒有吧？硬要說的話，就是我跟她的距離縮短了……」

「什麼！學長的意思該不會是……」

「啊～沒有啦，應該跟妳想得不一樣。其實就像彼此說出真心話的感覺？我們都是爸媽的拖油瓶，就只是聊了很多。」

「這、這樣啊……」

陽向露出鬆了一口氣的表情，接著又變成有些撒嬌的模樣。

「那個……學長……」

「嗯？」

「我想說，要是能再一起出來吃飯就好了。」

「好啊，隨時都可以。光惺大概會嫌麻煩，但晶一定很高興。」

「我、我不是那個意思……」

「咦？」

陽向的臉紅得像著火一樣。

「我是說……下次我們兩個單獨吃飯如何！」

「咦！」

現在連我的臉也著火了。

＊　＊　＊

我和晶在結城學園前車站跟上田兄妹分開，兩個人一起回家。

我們穿過有栖南車站的驗票閘門，在滿天星斗下，仰賴路燈和月光照耀，並肩走著。

這時我的手背被人捏了一下。是走在一旁的晶幹的好事。

「晶，很痛耶……」

「這是你色瞇瞇看著陽向的懲罰。」

「我有什麼辦法？她約我吃飯啊……」

當時晶似乎在遠處從頭看到尾，然後在搭電車的時候向我逼供。

「難道妳吃醋了？」

「……是吃醋了。因為要是你跟陽向交往，就不會理我了吧？」

「不不不，我還是會理妳啊。我會、我會。」

晶露出笑臉，現在完全是「在家模式」了。

「可是你會去吃飯吧？」

「這個嘛，要不要去呢？」

「……你就去吧。如果是吃飯，我准了！」

「妳現在該不會明明不是女友，卻在擺女友的架子吧？」

「才不是。我在讓你見識未來的老婆肚量有多大。」

「等我跟妳結婚，感覺就會被妳吃得死死的……」

「我會把你吃得連骨頭都不剩。」

就在我們說笑打鬧時，晶突然一臉認真。

「昨天晚上啊……」

「啊……嗯……」

我瞬間回想起來，不禁面紅耳赤。

「——老哥，真虧你忍得了耶。」

「就是啊。我後來也狂誇自己……」

沒錯。

我們在那之後，什麼事情都沒發生。

要是當時就那樣順勢而為，往後一定會後悔。我取得晶的諒解後，就只是一起睡覺，沒有踰矩。

只不過仔細想想，光是一起睡一整晚，感覺既成事實也算是成立了。但關於這點，我還是覺得有待商榷，抱持著些許疑問。

「人家明明那麼努力耶……」

「這點我只能跟妳說抱歉……還有拜託今晚讓我好好睡覺吧……」

「那僅限今晚，我不會跑去夜襲。」

「不行，拜託明天開始也不要……」

聽她這麼說，我從明天開始就更睡不著了。但先不管這個。

「晶，妳可以接受嗎？我們先保持這樣……」

「嗯。反正我已經先表白了，剩下的就看老哥想怎麼做了。」

我們考慮到彼此，考慮到周圍的人，選擇維持原樣，當一對感情和睦的兄妹，而不是情侶或夫妻。

但我今天一整天都很在意，不知道晶是不是真的能接受。

「關係曖昧不明，我確實覺得怪怪的，可是我覺得老哥最後還是會回到我身邊……應該算是我的願望？」

「妳這樣不會被當成方便的女人嗎？」

「如果是對老哥方便，那我不介意。」

「雖然很心動，但還不夠啊……話說回來，妳這句話絕對不准告訴別人喔？聽起來好像我多壞一樣……」

我說完後，晶似乎想到什麼，不斷嘻嘻笑著。

「妳笑什麼啊？」

「老哥，我問你。我對你來說是弟弟？還是妹妹？我好希望你偶爾可以想起來，我其實是妹妹呀。」

「根本不用想，我就覺得妳是妹妹啊。」

「真的嗎？你有把我當成女生嗎？」

「那當然——」

但在另一方面，晶對我來說，果然還是像弟弟一樣的存在。

對我毫不設防，彼此之間的距離就像弟弟一樣近的妹妹……

偶爾會不知道該怎麼對待她，但我們會一起看漫畫、一起打電動，天南地北地聊天……

只要跟她在一起，我就覺得很開心，感覺心靈逐漸被填滿。

所以我決定不要以有色的眼光看待這件事，同時不要再想著「如果晶是弟弟」或是「因為晶是妹妹」。

晶就是晶。

是我唯一一個宛如弟弟的寶貝妹妹。

我講這種話可能很奇怪，但我未來也想繼續珍惜我和晶之間的關係。

「——不管妳是弟弟還是妹妹，我都決定以後要繼續珍惜妳了。要是出了什麼事，妳隨時可以來依靠哥哥喔。」

「你這種說法讓人好在意……但就算了吧——反正你今天早上說的話讓我很高興，我現在就乖乖滿足吧。」

「妳說的早上，是在電車上？我說了什麼嗎……？」

「咦？你不記得了嗎？」

我原以為自己毫無頭緒，不過——

「你在我耳邊說『其實我……』啊。」

「…………咦？」

我整張臉瞬間鐵青。

「居然趁我睡覺的時候說，你太詐了。那種話就是要在我醒著的時候說啊。」

相較於笑容滿面的晶，我則完全慌了手腳。

「等……晶，妳先等等，妳是說……——」

不可能，晶當時應該還沒醒。雖然沒醒，卻聽到了……

換句話說——

「嗯。我那時候裝睡。」

「什——！」

「正確地說，是在老哥摸我的頭的時候醒來。結果你的臉慢慢靠近，開口說『其實我』……老哥，你當時說的話，可以再說一次嗎？」

「唔——！」

「其實我很想抱緊你，然後興奮大叫……哎呀？老哥，你怎麼了？你不要先走啦！不要丟下我啦，老哥——！」

我真的有夠白痴。

幹嘛增加自己的黑歷史啊？

我只是有點嚮往電影和連續劇的情節，所以才做做看而已。

……不不不，離譜。太離譜了。

就算熬夜之後很亢奮，做那種事也太離譜了。

當然了，那是我的真心話，只是如果她醒了，就說一下啊。

而且既然她全聽見了……——

「喂，老哥！如果你害羞，我可以全講出來嗎——？老哥那時候——」

「不必說！快忘了——！」

——總之，晶。

妳不是沒有血緣關係的弟弟。

而是繼妹（妹妹）。

是女孩子。

妳實在太過可愛。
搞得我很困擾……

9 SEPTEMBER

9月17日（五）

這兩天想寫的事情太多，我整理不來。

我想說以後想起來再寫。

現在就先寫下一件事，那就是老哥對我說的甜言蜜語。

……雖然我很想寫，但其實我根本沒聽到。

因為我那時候才剛睡醒，只覺得耳邊好癢，
結果根本沒聽到「其實我……」之後說了什麼。好可惜……

可是當我設局誆他，他卻滿臉通紅地丟下我先走了。

呵呵呵。換句話說，是說出來會害羞的話吧？
不知道「其實我……」的後續是什麼？我會忍不住妄想，一直傻笑耶！

我絕對會讓老哥再說一次！

老哥，你覺悟吧！

後記

Jitsuha imouto deshita.

各位幸會，我是白井ムク。現於滋賀縣甲賀市提筆寫作。

這部作品是我在YouTube頻道「カノンの恋愛漫画」當中，將擔任腳本的漫畫影片作品寫成的小說。沒想到我這種默默無聞的新人作家，竟然也有書籍化的機會，真的是榮幸至極。

就像影片有影片的樂趣，小說有小說的樂趣一樣，當我撰寫本作時，我獲得的結論是——追求小說的樂趣才是重點。像漫畫影片又是以不同的角度執筆，尤其要深入每個登場人物的個性、內心糾葛，還有人際關係等。

此外，小說對我而言，也是一場「文字是否能超越漫畫影片」的挑戰。

我尤其著重在不斷嘗試晶的人性面上。

她有像弟弟那樣有朝氣、易於親近的男孩子氣的一面，也有可愛、堅毅、不設防的女孩本質——為了創造出晶的角色個性，我和竹林責任編輯不斷嘗試，最後終於獲得我們都能接

受的樣貌。

不對，現在應該只完成一半吧。接下來我還想寫晶變得更可愛的模樣，希望各位務必把本作介紹給親朋好友。

話說回來，我想可能已經有人發現了，晶平常在說話的時候，大多是男性用語，在日記當中，卻會變成女性用語（順帶一提，YouTube版的第一人稱是「本大爺」）。因此記錄她和涼太日常生活的赤裸日記以及她的真心，我都試著以可愛的方式表現。希望大家能好好享受她和涼太的互動，以及她心情上的變化。

不管有沒有看過漫畫影片，我都希望大家能樂在其中。

本作能問世，多虧了許多人的支援。

竹林責任編輯，感謝您在百忙之中，陪我長時間協商了好幾次。多虧有您，我才能積極、認真地投入本作。另外我也要深深感謝富士見Fantasia文庫編輯部的各位，以及出版業界的所有人。

擔任插畫的千種みのり老師，以我拙劣的文字，無法澈底表現出晶的魅力，您卻發揮出她的十二分魅力。您確實將冷酷的晶和可愛的晶區隔開來。我身為作者，由衷地感謝您。希望今後還能一起合作。

還有在YouTube版負責漫畫的壽帆老師，無論獻上多少感謝，也說不盡您將我幼稚拙劣的腳本，潤飾成絕妙的漫畫。我心中有無盡的感謝。

結城カノン老師，一切都始於與您的邂逅。我真的很感謝您總是給予溫暖的言詞。今後也請您多多指教。

所有支持我寫作的家人，我能有現在，都是多虧您們。您們給我溫暖的餐食、沐浴、洗衣……我一直很感謝各位的細心體貼。謝謝各位。今後也請多多關照。

最後是購買本作的各位讀者，我由衷感謝各位。無論有沒有看過「カノンの恋愛漫画」，請各位今後也跟結城カノン老師好好相處。

希望所有與本作有關的人們幸福美滿。

於滋賀縣甲賀市滿懷著愛意。

白井ムク

國家圖書館出版品預行編目資料

其實是繼妹。 ：總覺得剛來的繼弟很黏我/白井ムク作；楊采儒譯. -- 初版. -- 臺北市：臺灣角川股份有限公司, 2022.12-
冊； 公分. -- (Kadokawa fantastic novels)
譯自：じつは義妹でした。～最近できた義理の弟の距離感がやたら近いわけ～
ISBN 978-626-352-087-5(第1冊：平裝)

861.57 111017184

Kadokawa
Fantastic
Novels

其實是繼妹。～總覺得剛來的繼弟很黏我～ 1

（原著名：じつは義妹でした。1～最近できた義理の弟の距離感がやたら近いわけ～）

2022年12月14日　初版第1刷發行
2023年8月10日　初版第2刷發行

作　者：白井ムク
插　畫：千種みのり
譯　者：楊采儒

發行人：岩崎剛人
總編輯：蔡佩芬
副主輯：林秀儒
美術設計：莊捷寧
印　務：李明修（主任）、張加恩（主任）、張凱棋

發行所：台灣角川股份有限公司
地　址：104台北市中山區松江路223號3樓
電　話：（02）2515-3000
傳　真：（02）2515-0033
網　址：www.kadokawa.com.tw
劃撥帳戶：台灣角川股份有限公司
劃撥帳號：19487412
法律顧問：有澤法律事務所
製　版：巨茂科技印刷有限公司
ＩＳＢＮ：978-626-352-087-5